飞克袞大哥.

谢谢你.....剂方
的指引

2019. 3.3

想像力的革命

Power to the Imagination

1960年代的烏托邦追尋

張鐵志──著

獻給我的父親

contents

　　1960 年代確實是瘋狂的年代，也是整個世界走出兩次大戰陰影的關鍵時期。無論是歐洲、美洲或亞洲，都開始進入一個世代交替的關鍵時期。無論是在思想上或美學上，都開始與戰前的價值觀念劃清界線。全世界都在騷動，只有台灣最為安靜。在東亞的海島上，由於被監禁在戒嚴體制之下，也由於軍事統治控制了整個台灣社會，島上青年都只能靜靜注視著這個地球開始進入騷動紛亂的時期。東北亞的日本與韓國，學生運動風雲湧起。即使是古老的亞細亞大陸，也深深陷入文化大革命的纏鬥中。而戰後崛起的美國霸權，也陷入極為激動的反戰浪潮。遠在歐洲的巴黎，在跨過 1968 年之際，發生了相當龐大的群眾示威運動。

　　那年巴黎學潮的爆發，意味著那是一個終結的開始。通往凱

旋門的香榭大道，擁擠著來自歐洲各個城市的學生、工人、知識分子、思想家。後來歐洲的知識分子之間，常常流行著一個口頭語：「1968 年你在哪裡？」在歷史版圖上，這一年代表著思想上非常重大的分水嶺。當所有群眾湧向凱旋門前進之際，走在隊伍最前頭的正是沙特與西蒙波娃。這兩位思想大師，可能是在歷史舞台上最後一次聯袂出現，後來的發展標誌著存在主義的思考開始退潮。1968 年所代表的文化意義，便是整個歐洲逐漸放棄二戰前的思維方式。一個全新的思考正在釀造，而且也立即傳播到整個歐洲與美洲。跨過這一年，標誌著後結構、後現代、後殖民的思想正式到來。

1966 年毛澤東發動的文化大革命正式展開，而在同樣一年美國發動的越南戰爭也正式爆發。而這也是美國反戰運動浪潮的崛起。後來擔任美國總統的柯林頓，為了逃避徵兵制度還特地潛逃到加拿大。反戰浪潮鋪天蓋地淹沒了整個北美洲，伴隨而來是反戰的嬉皮運動。LSD 與避孕藥也就在這段時期開始氾濫。遠在亞洲的海島台灣，年輕世代也沉迷在巴布狄倫（Bob Dylan）與瓊拜雅（Joan Baez）的歌聲裡。放眼整個地球，只有台灣最安靜。戰後出生的台灣年輕世代，至少都趕上那樣的流行風潮，卻完全無法明白反戰風氣究竟是什麼。當西方女性運動、同志運動、反戰運動此起彼落之際，台灣知識

青年顯然無法理解到底外面那世界發生了什麼。

　　小我至少一個世代的張鐵志，曾經到紐約哥倫比亞大學留學過。在那個大都會沉浸於豐富文化的氛圍裡，他嗅到了歷史所遺留下來的氣味。哥倫比亞大學在學術思想上，顯然帶動了許多全新的思維方式。在那個校園的博士生凱特米列（Kate Millet），在 1968 年出版了《性政治》（Sexual Politics）。而最有名的教授薩伊德（Edward Said），在 1978 年出版了《東方主義》（Orientalism）。這兩本重要作品，改變了一個世代知識分子的思維方式與價值觀念。張鐵志在那裡絕對不會感到陌生，甚至很有可能獲得豐富的啟發。

　　《想像力的革命》是一部濃縮的 1960 年代文化史，也是一部台灣知識分子對美國社會的一個貼身觀察。全書開頭的序文，題目是〈致所有的瘋子：青春、自由、烏托邦〉。他在紐約的所思所學是浸淫在一個名叫匈牙利咖啡店的氛圍裡。如果當時他在西雅圖的話，他應該也會在一個叫做星巴克的咖啡店，受到許多關鍵的啟蒙。如果他沒有去紐約留學的話，大約不會有這部書的誕生。恰恰是在他人生的旅程裡，漂泊到美國東岸的重要城市，而終於受到思想風潮的激盪。他以青春、自由、烏托邦作為全書的關鍵詞，可以說恰到好處。他到達那裡時，製造噪音的青春浪潮已經完全平靜。但是 1960 年代所發生的學生運動、

同志運動、女性運動所遺留下來的影響，在他留學那段時間還是清晰可辨。

尤其是格林威治村的石牆酒吧，也變成了全世界青年人的朝聖地點。當年紐約警察在酒吧圍剿同志族群，而爆發了所謂的石牆暴動（Stonewall Riots）。這是同志反抗運動的起點，也成為全球同志運動的轉捩點。1969 年的胡士托音樂節（Woodstock Festival），吸引了至少四十萬人的參與。這個盛會成為後來美國搖滾樂史上的重要基石，對於後來的美國音樂文化影響甚鉅。張鐵志在這本書裡面，對於六○年代美國大眾文化的起伏升降可以說瞭若指掌，而且如數家珍。但是他全書的重點完全不在強調群眾運動的起伏升降，而在點出 1960 年代如何改變整個世代，而且是全球各地的一個完整世代。

這本書之所以迷人，完全在於掌握美國文化如何在 1960 年代發生強烈轉折。書中提到了「新新聞」（New Journalism）的崛起，徹底改變了美國傳播業的文化生態。記者不再只是事件發生時才到現場去報導，而是他們選擇一個社會議題如吸毒、賣淫，在現場進行長期的觀察與考察。那不再是消費式的新聞報導，而是深入社會底層去觀察重要議題的發展過程。這種報導方式，後來影響了全世界的新聞傳播。書中也特別點出馬丁路德金恩（Martin Luther King）所領導的黑人運動，這位

以「I have a dream」的演說感動了整個美國社會的民權領袖,深深影響了一個完整的世代,甚至對全世界的人權運動造成相當重大的衝擊。

　　張鐵志在哥倫比亞大學所受到的文化薰陶,最後都總結在這本書裡。1968年所發生的占領校園運動,似乎使一個全新世代正式宣告誕生。前述的凱特米列便是在這場學生運動中覺醒,而寫出了她那部相當重要的女性主義經典。這個占領運動在某種意義上,簡直與歐洲的巴黎學潮可以相互呼應。這部重要的書寫,顯然開啟了許多豐富的議題。不僅僅是一部文化觀察,更是一部檢驗思想流變的重要紀錄。在他的行文之間,讀者似乎可以感受到歷史流動的力量,也可以感受到一個新的世代誕生之前,所發生各個層面的文化衝擊。張鐵志的文字非常精練,而且抓住議題的功夫也相當精確。閱讀之際,頗有一種輕舟已過萬重山的快意。那個時代已經過去,但那段時期的歷史卻如此鮮明保留下來。

2019.1.9 政大台文所

推薦語

●李明璁、●廖偉棠、●藍祖蔚

謝謝我們不曾活過但卻用力想像的年代／●李明璁｜作家／社會學者

其實鐵志和我都在 1960 年代結束之後才出生。在實體世界裡那是個未曾與我們有過交集的時代，但到底為什麼在浩瀚的想像宇宙中，七〇世代的我們靈魂，卻深受六〇世代人事物的持續召喚，甚至沉浸其中？

社會學家 M.Yinger 曾說，那是一整組「反文化」的成立，意欲改變世界秩序的集體想像和行動實踐。歷史學家 E.Hobsbawm 則說：「六〇年代最驚人的革命現象，就是年輕族群的社會總動員」。這一切摧枯拉朽的動員，形成了前所未見的「情感同盟」。

所有乍看不相干的人們被聯結起來。被思想、被行動、被情緒、被身體，也被音樂、文學、藝術、信仰和多元異質的

生活事物動員起來。這個同盟跨越了時空和界限，至今仍啟蒙著台灣島國跨世紀的年輕族群。

鐵志新書在 1969 年這個歷史轉折的半世紀後出版，於是饒富意義。那並不是懷舊，也不是神化，而是面朝混亂世界與不安自身的重新整理。我們不曾活過卻又用力想像的六〇啊，謝謝那些靈感的記憶、戰鬥的激勵、與撫慰的力氣。

● **廖偉棠** | 詩人

嬉皮會死，但從不老去。曾經有那麼一代人，他們只秉從心性所指，直面戰火與利慾橫流的世界，從容建構自己的 Neverland，用自身的執拗和鋒利證明人類的未來可以有另一種可能。那個時代，是一種新的詩歌誕生的時代，也是讓新時代在詩的想像力裡重生的時代。我們今天重遇嬉皮時代的傳說，是爲了把他們還原到現實，讓那些夢想變得更堅硬，同時也直面理想之痛，以審視和實踐我們這個世代踏刃而起、革命自身的可能性，鐵志的書寫就是這種革命的一種。

●**藍祖蔚** | 影評人

　　三百年前的流行樂，我們現在稱之為古典樂；五十年前的流行樂，我們不會以古典樂名之，因為講古典太刻板，講流行又太庸俗，那是一個相信詩與歌能夠掀起文化風暴，要用詩與歌來改變世界的夢想革命。

　　然而，那個夢雖然一時亮麗，卻也快如流星消逝，關鍵在於傳送的載具變了，從馬車躍進到光速的年代，速度銳利了音樂的翅膀，卻也因為過量爆炸，稀釋了它的文化震撼。然而，存在是事實，走過那個年代，整理那個年代的華采，鐵志的這本書就這樣傳承了時代的脈跳。

自序

致所有的瘋子：青春、自由、烏托邦

I.

六○年代的美國政治、社會與文化風暴，如同台灣八○年代的政治、社會與文化風暴，是我的青春啟蒙。

在九○年代的開端，十八歲的我開始重新認識世界的今日與昨日。彼時的我開始參與學運，對於此前不同世代青年如何獻身於運動與革命充滿了熱情，奮力地去挖掘歷史，想要在一張張關於過去的書頁上看到通往未來人生的指引。

當我讀到《當代雜誌》第二、三期的六○年代封面故事，看完南方朔講述六○年代學運的專書《憤怒之愛》，整個內心世界開始崩塌，然後重建。

那是二十世紀最激情而反叛的年代，是想像力解放的年代，沒有一個年輕人不會被震動。

我在遙遠的西方六○年代，看到的是遠方的美麗與瘋狂，是浪漫的召喚，但回首台灣歷史，看到從戰後被消失與殺害的知識青年，到比我早幾年入學的學長姊們因為參與校園抗議與社會抗爭被記過被處分，讓我在黑夜中不斷流下眼淚。這是我所生長的島嶼的悲傷。

有為青年理當用青春與熱血去加入前人的行列，投入社會改造。二十歲的我如此相信。

2.

十年之後，我坐在紐約哥倫比亞大學旁一家燈光昏暗的店叫「匈牙利咖啡店」。學長說，68 年哥大師生罷課時，他們會來這裡上課。

選擇來哥大念書，很大原因之一是我對 68 年的哥大學生占領運動充滿了浪漫的想像（另一個夢想學校是六○年代學運的另一個基地柏克萊大學）。

當然，2002 年的紐約不是 1968 年的紐約，那些反叛的煙硝似乎已全然散去。不過，我入學一年後，2003 年美國開始伊拉克戰爭，校園出現六○年代以後最大的反戰聲浪，一個新的抗議時代又開始了。

除了哥大，我當然也去了格林威治村和下東區，考察艾倫

金斯堡和傑克凱魯亞克在那裡留下的寫著詩歌的餅乾屑，去了東十一街那棟地下氣象人意外炸死自己的美麗公寓，現場聽了來自那個時代的歌聲如狄倫和尼爾楊。我甚至見到了幾位六○年代英美最重要的學運領袖：如今的哥大教授 Todd Gitlin（我在一個大雪之夜去聽他談當代左翼政治），仍然活躍的左翼知識分子 Tom Hayden（我在 Strand Bookstore 聽他講〈休倫港宣言〉四十週年），和英國新左派大將 Tariq Ali（我在蘇活的一家獨立書店聽他回首 68 年學運）。

在紐約那幾年，所有關於當代的討論，從藝術、電影、音樂到政治，都不可能迴避六○年代的喧譁與騷動。

（在那家昏暗的匈牙利咖啡店，我寫下第一本書《聲音與憤怒：搖滾樂可以改變世界嗎？》，當然故事就是從六○年代開始。）

3.

其實，六○年代並不真的那麼遙遠，也從來不曾離開我們。

種族平等，女性主義，迷你裙，避孕藥，環境保護，和平反戰，同志平權、嬉皮，性靈追尋，普普藝術，《2001 太空漫遊》，實驗電影，搖滾樂，另類媒體……

你可以寫下無數個那個時代的關鍵字，而每個字都深深塑造了這個世界的樣貌。

我們都是六○年代之子。

不過，雖然這段歷史對我們影響如此巨大而幽遠，在中文世界卻極少被完整書寫。對我來說，這是一本搏鬥了二十多年的書。我一直希望能找到時光穿梭機進入那個時代，去寫它的瘋狂、荒誕、勇氣，以及對當代我們的啟示。

2007 年出版的《反叛的凝視》書中開始了這個嘗試。有不少讀者說，他們在書中第一次知道「地下氣象人」的故事，非常震動；也有朋友說，那本書為台灣讀者補了一堂遲到太久的課。不過，該書畢竟是一本較短的文集。

《想像力的革命》是一個更大的企圖（雖然仍力有未殆，無法寫盡一切想寫的故事）。我書寫了那個時代十五則迷人故事，這裡既有大時代的歷史分析，也有個人的青春生命。整本書並非教科書式的系統書寫，但仍然有一個歷史時序：從五○年代「垮掉的一代」的反文化做為開場，接續著六○年代初期昂揚的理想主義，又經過各種衝擊與震盪，然後搖滾轉大人了，嬉皮文化誕生了，到了六○年代末期，是絕望與憤怒的蔓延，革命和暴力的出現。而新的種子又在那個時代尾聲開始茁壯：同志運動，或者網路文化。（某些人物如詩人艾倫金斯堡會在許多篇章中出現，不管是五○年代保守的美國、1968 年的芝加哥街頭抗爭，69 年紐約石牆酒吧外的同志暴動，

你都會看見這個歷史現場的指路人，本書的資深導遊。）

1960 年代是人類史上第一次，年輕人有機會可以決定自己的未來，而他們真的創造了許多新的可能。

那真是一個瘋狂的時代──但一如六○年代之子賈伯斯在蘋果電腦廣告中說，「只有瘋狂到相信自己可以改變世界的人，才能真的改變世界」。

一整個世代瘋狂的文青、知青、憤青、不甘於乖乖被主流規範的人、不願意被體制決定命運的人，想要追求自由意義的人，用歌聲與文字衝擊著思想，用抗議和炸彈撼動著體制，用想像力去解放這個世界。他們要追求的是政治的、文化的、生活的烏托邦：不論那是一個搖滾的胡士托國度（Woodstock nation），一個愛與花朵的嬉皮公社，一個沒有戰爭的和平世界，或是一個種族平等、性別平等、人人可以做自己的許諾之地。

當然，那個烏托邦遠遠還沒有實現，如今看來甚至顯得天真和傻勁，但難道我們就只能變得世故守舊，選擇背向前往理想世界的航道嗎？我想，只要我們願意去打開想像力，去冒險走向那些人少的小徑，去抵抗壓迫與不義，去相信另一種世界是可能的，那麼我們已經在路上了。

不論你是青春正盛，或者已然告別青春，讓我們在這條路上彼此相伴，一起同行，當一個相信世界可以被改變的瘋子。

致所有的瘋子：青春、自由、烏托邦

詩人金斯堡在一九六五年七月三十日在加州柏克萊舉行的靜坐示威活動中發表抗議詩句。

chapter.1

嚎叫著，在路上⋯

垮掉的一代

如何啟發了──六〇年代

反叛

「我目睹我這一代最優秀的心靈被飢餓的、歇斯底里的、赤裸裸的瘋狂所摧毀……」

　　1955 年 10 月 7 日，年輕的艾倫金斯堡（Allen Ginsberg）在舊金山的一間小藝廊朗讀他剛寫完不久的長詩〈嚎叫〉（The Howl）。那時他尚未成名，也還沒留起大鬍子，當然更不知道，這首詩、這場朗讀，會迅速地點起一把熊熊烈火，並自此狂烈蔓延開來，燃燒起整個世代的想像力。

　　金斯堡之外，他的「垮掉的一代」夥伴們——傑克凱魯亞克（Jack Kerouac）、威廉布洛斯（William S. Burroughs）、蓋瑞史奈德（Gary Snyder），也一起用詩歌與小說做為地下與前衛的先鋒，用力地打開六〇年代反文化的大門，讓後來的人們一起衝進去，占領一個時代。

I.

一切是從四〇年代中期在紐約的年輕友誼（與情慾）開始的。

艾倫金斯堡從少年時期就知道自己是名同志，母親則是一名有點發瘋的共產黨人，他本來是要來紐約哥倫比亞大學成為一名左翼律師，結果認識了一群怪人。二十歲的凱魯亞克剛當完兵回來，和女友住在紐約，亟欲成為一名作家。他們也認識了比他們大十歲，有點怪異的威廉布洛斯。

彼時的紐約是座混亂到迷人的城市，但至少那裡有咖啡館、爵士樂和偉大的反叛傳統。

這些青年生活中的一切就是酒精、性愛、毒品、對文學的熱愛，對自由的追求，以及某些人對某些人的愛戀。1944年，他們中的一人、哥大學生卡爾刺死了一個迷戀他的男子。死亡的陰影很早就滲入他們的生活，只是他們沒太在意。

幾年後，金斯堡因為不斷看見異象短暫住進了精神病院，布洛斯因毒癮越來越嚴重搬去了墨西哥，凱魯亞克終於出版了第一本小說《小鎮與城市》，但未受到重視。此後他不斷在不同城市間移動，不斷換工作維生，包括停車場管理員。

戰後的美國是一個保守的年代。一方面戰後經濟快速成長，人人都有美國夢，另一方面冷戰的政治氣氛使得異議思想被打壓，左翼思想成為獵巫對象。原子彈爆炸帶來的心理恐懼，

更讓體制的陰影無比龐大。這是一個順從的時代（The Age of Conformity）──用當時著名評論家 Irving Howe 的話來說。

彼時也有一群白人像他們一樣終日混跡於爵士酒吧、玩世不恭、拒絕傳統道德責任、喜愛黑人文化，被稱為「嬉皮士」（Hipster）。作家梅勒（Norman Mailer）曾寫下一篇經典文章〈白種黑人〉（White Negro），來討論 hip 的哲學：「他們唯一的道德是就是去做不論何時何地他們都認為是可能的事，並且……去參與最原始的戰爭：去為了自己打開一切可能的界線，因為那是自己的真正需求。」他認為這批人是那個時代的真正反叛者。他們擁抱被邊緣化的黑人文化和性慾，Miles Davis 是他們最酷的偶像，馬龍白蘭度、詹姆士狄恩是他們的代言人。

（當然五〇年代的「白種黑人」還包括正在爆炸的搖滾樂，只是他們很快就大眾化與商業化。）

1952 年，凱魯亞克的好友約翰霍姆斯（John Holmes）在《紐約時報》描寫他們這群年輕人，文章叫做〈這就是垮掉的一代〉（This is the Beat Generation）。他說，這個字最早是凱魯亞克所提出的，相對於二〇年代的「失落的一代」（The Lost Generation），他們這個世代經歷了二次大戰，因而被社會、被戰爭、被時代氣氛所打敗（beaten），有一種對生活感到厭倦的特質。「垮掉」（beat）是當時普遍用的詞彙，時代廣場附近的便宜酒吧和格林威治村街

角的皮條客、毒販、小偷、爵士樂手們經常用這字來形容那些被生活打敗、充滿挫折感的人。**1**

　但凱魯亞克後來也表示，在這種挫敗感背後也有一種精神性的渴望。Beat 的意思一方面固然是「beaten down」，是被打敗的感覺，因此涉及心靈以及靈魂最終的赤裸狀態；另方面也指涉「beatific」，亦即一種美好的福緣（凱魯亞克是天主教徒）。為了發現真實的自我，你必須先沉入心理、身體和意識中最祕密、最不敢面對的部分；這必須訴諸直接的感官體驗，尤其是那些骯髒不堪的經驗。因此，垮掉的一代既追求肉慾的直接感受，也在乎靈性的追尋。

　凱魯亞克後來在「美國大學辭典」中提出更正式的定義：「垮掉的一代在二次大戰與韓戰後正值盛年，由於對冷戰感到幻滅，他們致力於鬆綁社會與性的緊張感，反對嚴格管理，去除政治與宗教的神祕聯繫並主張物質簡樸的價值。該詞由傑克凱魯亞克所創。**2**」

---

1. 這兩段定義問題請參考我為 Bill Morgan 著《打字機是聖潔的》中譯本所寫的導讀。

2. 另一個很精采的詮釋是，《滾石》雜誌在 1997 年對金斯堡的訃文所寫的，垮掉的一代是要「延展個人體驗，在被扭曲的事實中，在對性愛的追求中尋找真實，在低下階層的生活中尋找靈性，以及最重要的，致力於以一種即興的態度來生活、寫作、談話以及冒險。」

2.

五○年代初，凱魯亞克完成了新的小說，描述他和好友尼爾卡西迪（Neal Cassidy）開車在美國遊蕩的故事（且在卡西迪寄給他的信中，其充滿活力和無比流暢的敘事，給了他語言的新靈感。）布洛斯把他的浪蕩經驗寫成一個故事〈毒蟲〉（Junkie）。金斯堡持續寫詩、做了很多他不願意的無聊工作，並搬到舊金山。

1955 年 10 月，金斯堡終於有機會在一個小場合朗讀新作品〈嚎叫〉。這首詩是一場激烈的吶喊，是要把個人主體性從不寬容、不人性和不正義的體制中解放出來。金斯堡是爲了他身邊的人們而寫，因爲他看到他們如何在這個冷漠而貪婪的世界中被擊倒，如何在這個保守封閉的社會中難以找到自己的位置。

〈嚎叫〉是一枚游擊炸彈，從此炸開了美國詩歌的語言、節奏、想像，及其社會意義；〈嚎叫〉是戰後第一部爲那些邊緣的、瘋狂的和失落的靈魂發聲的詩歌，自十九世紀的惠特曼之後，從來沒有人賦予詩歌如此巨大的文化和政治力量。

次年金斯堡出版了第一本書《嚎叫與其他詩篇》，出版社是專出平裝本的「城市之光」，這也是舊金山的一家書店，負責人羅倫斯費林蓋提（Lawrence Ferlinghetti）很快成爲他們的好友與「垮掉的一代」成員。但官方認爲此書內容猥褻，扣留詩集，逮捕出版商費林蓋提。

1957 年法官判定此書可以出版，因為其中「有一些救贖的社會價值」，《嚎叫》成為所有媒體關注焦點。

這讓出版商加速出版《在路上》。這本關於個人自由與生命追尋的小說大為暢銷，《紐約時報》評論說凱魯亞克是這個世代的最清晰聲音。

許許多多年輕人帶著這本書上路前往探尋美國廣大的土地，尋找生命的意義。

1959 年，《裸體午餐》在巴黎出版。小說主角基本上就是布洛斯的化身，故事是非線性敘事，且充滿藥物經驗的描述和猥褻的語言。在美國於 1962 年出版時，也因為過於猥褻而被禁，直到 1966 年才被判定可以出版。

垮掉一代的走紅不代表他們被文學正統接受，不少評論家都提出嚴厲批評。諾曼波德霍瑞茲（Norman Podhretz）說他們是「什麼都不懂的波希米亞」，說「吸毒後的亢奮狀態是人類最幸福的時刻，這種想法就是垮掉一代的核心」。楚門卡波提（Truman Carpote）也在一場演講中嘲諷說，「那不是寫作，只是打字」。

但「垮掉的一代」確實引發巨大的風潮，抓住了那個時代反叛青年的文化想像──巴布狄倫就描述過他五○年代在明尼蘇達州的少年時期是如何受到這些詩歌與小說的影響。

舊金山的媒體甚至創造一個新詞「Beatnik」來描述當地類似風格的青年群體，這些人不喜歡主流生活的規範，穿著隨性，表現出「酷」（cool）的態度（他們是後來舊金山嬉皮的前身）。電視節目也出現 beatnik 的角色，雖然是被卡通化的膚淺刻畫。

凱魯亞克並不喜歡後來這些熱切的跟隨者。他說，垮掉的一代作為一場運動早已終結在 1950 年代中期，因為許多人已經「消失在監獄與瘋人院中，或者羞恥地陷入沉默的順從中」。

這話或許顯得激進，但當成名後的「垮掉的一代」轉變為一個空洞的符號，一個商業的玩笑時，這場昨日的派對的確就要結束了。

3.

垮掉的一代的作者們是文學上的不法之徒。他們不論在主題、寫作風格，乃至個人生活上，都在挑戰主流價值的單調與安逸，追求自由、即興、誠實和解放。

不論是〈嚎叫〉、《在路上》或是《裸體午餐》，主題都涉及藥物、性和各種邊緣行為。這看似驚世駭俗，但正如「beat」這個字的兩面性，〈嚎叫〉的猥褻是因為他要召喚出美國文明的潛意識，要「拯救和治療美國精神」。同樣，《在路上》和《裸體午餐》看似是描述一種隨性墮落的生活方式，但其實是要追問自由的真義，不論是心靈還是肉體的。凱魯亞克筆下的青年是四○年代末一個瘋狂而

閃閃發光的嬉皮士新世代，他們拒絕道德規範，是生活的晃遊者，四處搭便車旅行，看似浪蕩頹廢卻快樂而美麗，具有一種特別的靈性。他們是「美麗的失敗者」[3]。

到了五〇年代末，「垮掉的一代」似乎正逐漸死去，但進入六〇年代，時代氣氛卻劇烈翻轉，順從轉變為反叛，反文化成為新的時代精神。

不再年輕的垮掉作家們和這個新時代文化各自有不同關連：威廉布洛斯遠走歐洲，大部分時間錯過了這個時代的混亂與繽紛；凱魯亞克既掙扎於自己的寫作生涯又不認同新左派青年的政治，嚴重酗酒，自我消失於世界的邊緣，直到 1969 年過世。

金斯堡卻對六〇年代有無比巨大的影響，甚至在所有重要的場合，他都無所不在。

他在 1960 年去了印度和日本等地，1963 年回到美國時，新的青年革命正在展開。而新世代的反抗者們，不論是對個人自由與解放的理念，對那些被排斥的身分認同的關注，甚至對大麻的興趣，都深受垮掉的一代所啟發。

1963 年底，金斯堡認識狄倫後，讓後者的文字染上超現實主義的象徵。

---

3. 這是借用 Leonard Cohen 的小說名。

1965 年，他到了捷克布拉格，種下三年後布拉格之春的奇幻種子。同年在倫敦，他和其他人在皇家亞伯特廳的詩歌朗讀會，掀起了這個城市接下來幾年的地下文化革命 [4]。

（是的，詩歌是能掀起文化風暴。）

1967 年，從 1 月在舊金山嬉皮文化的大集會，到秋天華盛頓反戰遊行五角大廈前，甚至 1968 年芝加哥街頭流血衝突的現場，這位十年前激烈嚎叫的青年詩人都在現場，和平地帶領大家吟誦 Om。

1969 年 6 月同志在石牆酒吧暴動，金斯堡也在那，說這些少年是如此美麗，不再像十年前的同志們傷痛的模樣。

所有人都離開了，只有他還在。大鬍子的他彷彿六〇年代反文化世代的天使，讓抗議瀰漫禪意，讓嬉皮增添詩意。

「垮掉的一代」曾是被主流文學拒斥的地下文化，是社會體制的局外人，但當六〇年代的嬉皮或抗議青年，拒絕被傳統權威與家庭所束縛，反對科技理性和物質主義，並試圖成為心靈的或地理空間的漫遊者時，他們是以垮掉的一代作為神聖的指路人，勇敢上路，大聲嚎叫。

此後，一代又一代的青年看著他們的詩歌與文字，去俯視世界的黑暗，誠實而赤裸地追求生命的意義，開創想像力的革命。

4.「在英國，地下文化的起點是 1965 年 6 月 11 日，當七千人參加金斯堡、費林蓋提和其他作家在皇家亞伯特廳的國際詩歌會。」這是當年倫敦地下文化場景最活躍的 Barry Miles 所寫，請見他的文章〈The Counterculture〉，收於《*You say you want a Revolution.*》, *V&A Museum.*

chapter . 2

一九六八年一月十二日，數百名SDS成員在洛杉磯大街上舉行反對越南戰爭的示威遊行。

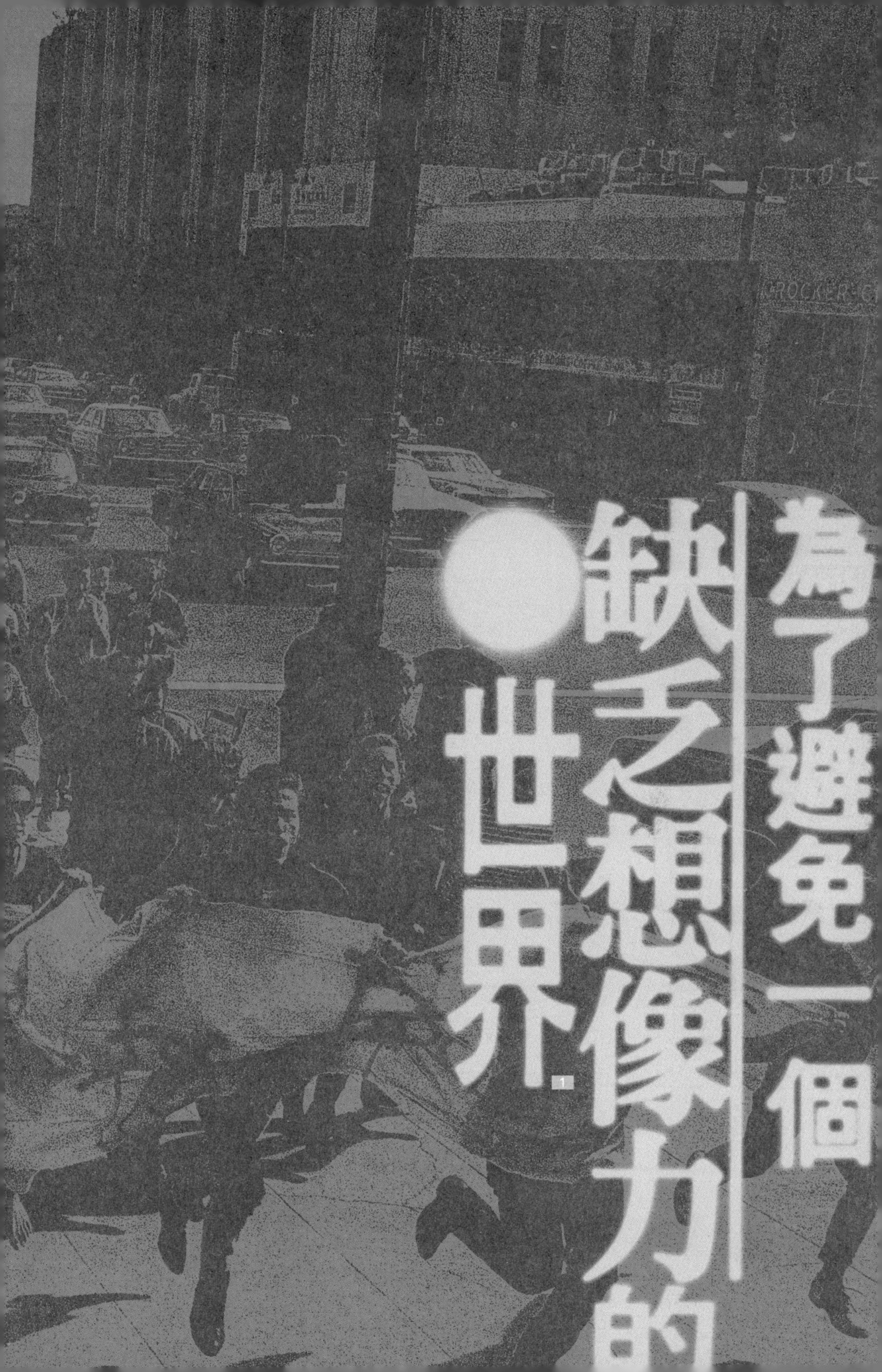

1 為了避免一個缺乏想像力的世界

「我們是屬於這個世代的年輕人，我們在舒適中成長，在大學就讀，但是卻不安地凝視著這個環繞我們的世界。」

——〈休倫港宣言〉

一群二十歲上下的學生在 1962 年夏天來到密西根州的休倫港，經過幾個日夜的討論與激辯，寫下了這份〈休倫港宣言〉（Port Huron Statement）。宣言撼動了一整個世代的青年，啟動了這個最躁動不安的時代。

「這是美國左翼歷史上最有野心、最具體，也最雄辯滔滔的宣言。」美國左翼歷史學者 Michael Kazin 如此形容。也是最長的（超過兩萬五千字）。

這群青年是屬於 1960 年成立的「民主社會學生聯盟」（Students for Democratic Society，簡稱 SDS），在接下來的幾年它將成為最重要的學運組織，並和〈休倫港宣言〉一起界定了一個抗議世代、一個「新左派」的誕生——雖然，這個宣言的理想在幾年之後就會顯得太過天真浪漫……

I.

五〇年代的美國正在享受二次大戰後的和平與富裕。那是一個美國夢的黃金時代：他們（白人們）相信努力就可以獲得房子、車子、金錢。社會學者丹尼爾貝爾（Daniel Bell）說「意識形態終結」了，意思是在美國，思想的鬥爭已經窮盡，一切只剩下技術性問題。

那也是個令人坐立難安的時代。新成形的冷戰加上核武威脅，讓人們感受到人的脆弱與戰爭的醜惡——休倫港宣言後的幾個月就發生了古巴飛彈危機；而當南方黑人用鮮血和生命揭發了美國做爲一個「生而平等」國家的虛僞，開啟了波瀾壯闊的民權運動，整個美國的神經在激烈地顫動。

SDS 原來是屬於二十世紀初成立的「工業民主聯盟」的學生團體「工業民主學生聯盟」（Student League for Industrial Democracy），工業民主聯盟是支持勞工立場的進步組織，但強烈反對共產黨和蘇聯（在二十世紀上半，美國共產黨算是活躍）。學生聯盟在 1960 年改名爲「民主社會學生聯盟」，第一年，在二十個校園有分部，會員只有五百多人，規模很小。

---

1. 我在《反叛的凝視》（2007）一書中寫過一篇〈休倫港宣言〉，但此文可視爲是大幅擴張改寫的新文。

其中一個主要成員是密西根大學的湯姆海頓（Tom Hayden）。

「我們很少人是馬克思主義的繼承者，雖然作為學生，我們都熟讀且辯論馬克思，尤其是他的《1844 年經濟哲學手稿》。那些成長於共產主義家庭中的人，大都被赫魯雪夫在 1956 年對史達林殘酷暴行的揭露以及蘇聯對匈牙利的民主運動的鎮壓所震驚，因此遠離共產黨；而來自社會民主工會傳統背景的年輕人則日益不耐工會組織的官僚化，以及工會對於正在升高的越戰的支持。」海頓回憶說。

對海頓這一代青年來說，他們既不接受蘇聯式共產主義的極權，也反對冷戰下的美國政治與軍事機器。然而，相對於工業民主聯盟的前輩們因為目睹共產主義從理想變成極權，變得保守溫和，他們想提出屬於新世代的激進願景

他們這一代受到英國新興起的左翼運動，如反核武運動（Campaign for Nuclear Disarmament [CND]）以及 1960 年成立的《新左評論》（*New Left Review*）所影響。他們也喜歡教育哲學家杜威、存在主義小說家卡繆或者哥倫比亞大學社會學家米爾斯（C. Wright Mills）的著作。當然，更讓他們政治化的是黑人民權運動，海頓在 1961 年參加抗議種族隔離巴士的「自由乘車運動」（Freedom Riders），並遭到逮捕。

對於現實的焦慮和對上一代反抗傳統的不滿，讓 SDS 決定發表

一份宣言，闡述青年世代對這個時代的分析以及改變的策略。
海頓負責起草。

二十一歲的海頓所期待的是一種把公眾帶回來的方式，「一種
連接起權力與知識，但又能將這兩者分散以讓社區民主或參與
式民主可以出現的策略，一種能和個人在這個時代所面臨的諸
種問題如官僚化、大型政府、國際體系等對話的方法。」他在當
時 SDS 的會議中這麼說。

他們的前方沒有指引者：勞工運動不再能成為憑藉，民權運
動太關心單一議題，因此青年知識分子必須扛起責任，成為改
變的先鋒。

這也正是社會學家米爾斯的觀點。在五○年代以《權力菁英》
等著作影響深遠的米爾斯在 1960 年發表一篇〈給新左派的一封
信〉，批判美國的權力菁英，感嘆美國的公民已經變成「傻笑的
機器人」（cheer robots），傑弗遜式的民主已經變成遙遠的童話。
他期待「群眾社會」（mass society）中的個人可以轉變為公民，
培養出「自由和具有知識的公眾」（a free and knowledgeable
public），一起把公共帶回來，重新建立民主。他相信，激進主
義的未來不在無產階級身上，而是在年輕的知識分子肩頭上。

「安逸的時代已經結束了，我們要再次動起來。」

這是一個迷人的召喚手勢，也是一個預示未來的洞見：因為

青年與學生在美國歷史上將扮演前所未有的關鍵角色 **2**。

2.
「給一個世代的議程」

這是宣言第一段「導言」的標題，展示出他們的弘大企圖。

宣言的修辭使用了許多浪漫的語言：「我們應該把根植於占有、特權和特殊環境的權力，置換為深植於愛、反思、理性和創造力中的權力。」

彼時，他們信仰著愛與理性。

浪漫之外，他們在宣言中嚴厲批判美國主流社會的冷漠沉悶與保守主義，討論核武威脅、種族主義、貧窮議題、學院中僵化的官僚體系等等。他們既批評共產主義的威權，也不同意傳統左派把改革行動者的期待放在勞工身上，所以被稱為是「新左派」（New Left）。（但海頓認為，他們更多是「新」（世代上的新），而非「左」。）

這個宣言的時代意義在於，在那個冷戰的初始時刻，美國社會走向安逸、富裕與保守，左翼不是受到麥卡錫主義打壓，就是變得溫馴而不再提出新的變革議程。

「這是一個最明顯的弔詭。我們充滿了急迫感，但這個社會卻告訴我們，現實沒有另一種可能。在政客安撫我們的語言之外，在

所謂美國還過得去的主流意見之外，在這些封閉我們的心靈的操控者之外，是一種普遍的感受：沒有任何其他可能，我們的時代不僅缺乏了烏托邦的想像，也不再有新的出發。」

於是，他們要打破想像力的貧困。

不過，宣言雖提出了很多重要議題，卻沒有太多新鮮洞見，宛如一張清單。唯有一個觀念產生了深遠影響力：「參與式民主」（participatory democracy）3。

民主的真諦不應該只是一套投票的程序，而是在於能夠主宰自己心靈的人的日常生活實踐，個人要能參與決定他的生活方式的各種制度，但既有的民主體系卻只是捍衛寡頭利益的制度，尤其是當時南方的黑人還沒有真實的投票權。更進一步來說，民主不能只是政治場域中的選舉，而必須落實在社區、工作和外交政策領域的參與。在這觀念背後是對人類能力的堅強信念，期待個人成為更自主但也彼此互賴的主體，社群能成為一個更具公民性的社會。

「政治要能把人們從孤立帶往社群生活，因此是讓人們在個人

---

2. 只可惜米爾斯沒有機會看到〈休倫港宣言〉，因為他在那一年初就過世了。

3. 最早提出參與式民主的學者就是海頓在密西根大學的老師 Arnold Kaufman，他在 1960 年發表的文章〈參與式民主與人性〉對海頓影響很深，並讓他從人性出發來論述民主的意義。

生活中找到意義的必要（雖非足夠）之方法。」

可以說，六〇年代的學生運動和民權運動就是參與式民主的實踐：人們要參與關於影響他們生活的決策，而參與的過程就是民主的一部分。

〈休倫港宣言〉發表後引起很大回響，生於舒適的青年們深深感到時代的躁動。當時的大學生 Bill Ayers 回憶說：「黑人自由運動正在崛起，戰火正在逼近，〈休倫港宣言〉提供了我們必要的洞見和分析。我打開雙眼，看見一個正在燃燒的世界。」於是他加入運動，後來成為激進組織地下氣象人的成員。

也是在那年夏天，Bob Dylan 在民謠雜誌上發表了新歌〈飄在風中〉（Blowin' in the Wind）的歌詞，並在第二年正式發行，即刻成為這個世代的國歌。如同〈休倫港宣言〉，這首歌說出了一代人的困惑與焦躁，催促著他們要去挑戰權威、尋找自己的答案。因為「答案就在風中」。

海頓和當時 SDS 主席 Al Haber 甚至去了白宮，把宣言交給甘迺迪總統的顧問、知名歷史學者史勒辛格（Arthur Schlesinger）。（為此，海頓特別打了領帶。）

回首來看，〈休倫港宣言〉的內容當然有許多限制，忽視了許多重要的社會矛盾。畢竟，1962 年只是後來更巨大變遷的開端：瑞秋卡森（Rachel Carson）激發環境運動的經典《寂靜的春天》在宣

言的兩個月後出版，貝蒂費里曼（Betty Friedan）掀起女性主義革命的《女性的迷思》（*The Feminine Mystique*）也是次年才出來，Bob Dylan 還沒眞正唱出一個世代的憤怒。但這份宣言確實啟發了六○年代無數美國青年投入對戰爭、種族壓迫、社會貧窮的抗爭。

SDS 在那之後更積極前進，關注校園民主、社會經濟以及黑人民權等議題。而從 1963 年到 1965 年，一系列血腥與暴力，鎭壓與反抗讓他們更激進化：黑人民權運動遭遇的暴力反撲、柏克萊大學言論自由運動，以及甘迺迪被刺殺身亡。

1965 年之後他們成爲反戰運動的主要力量，該年 4 月在白宮前發動了此前迄今最大的反戰示威。但整個時代氣氛卻出現劇烈的變遷，SDS 內部產生更多矛盾，〈休倫港宣言〉開始逐漸與時代無關⋯⋯

3.

六○年代後期的美國，世界開始嚴重往黑暗傾斜：越戰升高，反戰聲浪也更大；黑人社區的城市暴動不斷出現，新一代抗爭者更主張激進暴力。

SDS 在各大校園成爲反戰運動的領導團體，參與者也越來越多：1964 年時還只有兩千多人，到了 1966 年已經有幾萬人，

到 1968 年底有將近十萬個成員。但這也帶來更多不同意識型態的分歧，尤其對六〇年代中期後才進入大學、加入 SDS 的這一代學生來說，他們看到的世界和〈休倫港宣言〉那代很不相同。對他們來說，〈休倫港宣言〉過於保守，沒有認清主流自由主義的限制、美國帝國主義與第三世界革命的矛盾，他們更同情越共、崇拜卡斯楚，並主張更激進的行動 4 。一份由 SDS 成員所編的《新左讀本》（*The New Left Reader*）中，其中有法國哲學家阿圖塞、古巴的卡斯楚和黑豹黨領領袖的文章，卻沒有〈休倫港宣言〉。曾經試圖提出一個世代議程的宣言已經被放入歷史檔案櫃中。

1969 年，主張暴力革命、實踐自由性愛，強力支持黑豹黨的「氣象人」派取得 SDS 主導權，面對全球革命氣氛的蔓延，以及在國內無法阻止戰爭的絕望和憤怒，使得他們決定在 1969 年 12 月終結 SDS，轉為地下武裝革命團體。（詳見第十二章）

1970 年，氣象人發表了對美國的戰爭宣言，在美國土地上放下第一顆炸彈。

SDS 始於六〇年代之初，而與六〇年代一起終結——雖然它瓦解的速度遠比成長的速度快。它繼承了美國歷史的激進主義傳統，卻試圖提出新一代的激進想像，更徹底體現了那個最激情年代從樂觀到悲觀，從理想到絕望的旅程。

2011 年冬天占領華爾街運動的次年正好是宣言五十週年，讓人

想起兩者的許多相似之處：大規模的學生投入、參與者在過程中的討論與審議、被批評沒有具體政策建議，卻都提出新的改革議程，回應了時代的矛盾。湯姆海頓在回顧文章中認為，占領華爾街呼應了五十年前他們的精神，因為在占領華爾街的宣言中，提出的第一個原則就是要求「直接和透明的參與民主」。事實上他們比五十年前的青年更徹底實踐參與式民主：沒有領導人、沒有組織，一切都是集體討論。

〈休倫港宣言〉對於參與式民主的理念確實影響了無數後來者——十九歲的我在讀到時也為之沸騰，投身學運。這份掀起一個世代風暴的宣言，或許不合時宜，或許內容漸被遺忘，但對我們的提醒卻永遠不會過時：

「如果人們認為我們看似在尋求一個不可能達到的世界，那麼就讓他們知道，我們的行動是為了避免一個缺乏想像可能性的世界。」

---

4. 不過，海頓在六〇年代後期一直都是抗爭運動的中心，包括 1968 年芝加哥街頭暴動他也是被審判的八君子之一。

攝於一九六四年六月二十四日。三名為密西西比州的黑人選民登記提供培訓的民權運動者在閱讀報上關於密西西比州火燒車調查。

chapter.3

那個失去純真的

自由●之夏

I.

經過了那個漫長炎熱而殘酷的夏天，這些青年的生命再也不一樣，而人們所熟悉的美國也從此面貌不同了。

那是 1964 年的夏天，所謂的「自由之夏」（Freedom Summer）。

這個名字是因為在那個夏天，黑人民權運動組織「學生非暴力協調委員會」（SNCC）招募將近千個北方大學生志工前往南方的密西西比州協助黑人選民登記，這叫「密西西比夏日計畫」。

參與夏日計畫的年輕人完全是此前理想主義時代的產物。首先，他們屬於戰後嬰兒潮世代，具有強烈的樂觀主義和一種「我可以」的信念。其次，「他們參與了美國歷史上首次出現的真正青年市場」■，亦即在歷史上第一次有青年文化（如搖滾樂）主導了全國流行文化。因此這個世代具有強烈的自我群體認同，相信自己可以成為一個文化與政治力量。

美國六〇年初期充滿著一種前所未有的朝氣與自由派的理想主義，更有帥氣的甘迺迪總統號召青年投入社會改革——當他在 1963 年 11 月被暗殺時，更多年輕人的胸膛燃起憤怒與改變之火。

1964 年 1 月，狄倫（Bob Dylan）發表新專輯《時代變了》（*The Times They Are A-Changing*），呼籲政客和父母不要阻擋年輕人追求時代改變的浪潮，不要批評他們不懂的事情。這是青年起義的音樂宣言。

2月，披頭四首次來美國演出，整個美國的青年起身舞動。

一個夏日計畫的參與者回憶說：「我們相信我們將發動一場革命，我們深信我們可以透過政治行動和視野來轉化美國。但現在我知道，我們那時非常的天真。」

2.

從五〇年代中期開始，勇敢的黑色靈魂坐上不讓他們坐的巴士、走進不讓他們去的學校，踏進不讓他們用餐的餐廳，用他們的身體進行一場又一場抗爭、靜坐、遊行。另一方面，白人種族主義者和南方州政府的公權力以各種暴力來反制、毆打民權運動者，焚燒黑人教堂，還有警察的逮捕和拘禁，以及不時的謀殺。

到了六〇年代初，聯邦法律有了些許進展，只是未必能真正落實。例如，南方各州長期實行巴士的種族隔離，到 1960 年最高法院終於判定違憲。1961 年，民權運動者發起「自由乘車運動」（Freedom Riders），邀請黑白青年一起搭上長途巴士到南方各州，來觀察這些地方是否真的停止隔離。他們當然知道這不可能，也知道可能會被當地警方逮捕，但他們要用這個直接

1.此處與以下引文大多來自道格麥亞當（Doug McAdam）所著《自由之夏》，群學出版社。

行動和對抗來喚起全國更多注意。結果的確，青年們遭遇到當地警察和三 K 黨的嚴重暴力對待，甚至巴士都被焚燒 **2** 。

1963 年，在華盛頓舉行五十萬人的民權大遊行，金恩博士發表〈我有一個夢〉的演說。金恩形容這一年是「黑人革命的元年」。

1964 年春天，美國國會通過了新的民權法案，禁止制度性的種族隔離。

看似黑暗將去，黎明將至。

站在那個美麗的春天，理想主義青年看見民權運動是有成果的，時代是可以被改變的，畢竟狄倫這麼唱著。

只是，他們不知道他們要進入的這個南方，是被囚困在醜陋歷史中的黑暗之心。

3.

1964 年的密西西比州彷彿還在十九世紀。86% 非白人家庭的生活不到聯邦訂定的貧窮線，黑人選民登記是全南方最低的——只有 6.7%。只有密西西比和另一州尚未制定強制教育法。美國官方有記錄的私刑處死，最後兩起就是在密西西比州，包括 1955 年僅十四歲的提爾（Emmett Till）因為向白人女子吹口哨而被處死（狄倫為此事件寫下一首歌）。

1962 年，詹姆士梅瑞迪斯（James Meredith）成為密西西比大學

第一個註冊入學的黑人，但州政府派警察阻止他入學，甘迺迪政府被迫派遣聯邦部隊和國民兵保護他進入校園。當日發生嚴重暴動，數百人受傷（狄倫又為此事件寫下一首歌）。

接下來的 1963 年，密西西比州的黑人民權工作者愛佛司（Medgar Evers）被三 K 黨暗殺（狄倫再次寫下一首歌 **3**）。

南方其他州同樣殘酷惡劣。也是在 1963 年的夏天，阿拉巴馬州一座黑人教堂被炸毀，四個小女孩死亡，震驚全美。黑手女歌手 Nina Simone 寫下歌曲〈Mississippi Goddam〉：

這個國家充滿了謊言

你們都會像蒼蠅般死去

我不再相信你們

你們只會不斷說，「慢慢來慢慢來」

這是自由之夏前夕的美國：民權運動看似有效進展，但反制的暴力也越來越強大。黑人民權運動工作者在南方不斷受到

2. 2011 年，自由乘車運動的五十週年時，美國最有影響力的主持人歐普拉邀請所有運動參與者上節目。

3. 關於狄倫這幾首關於黑人民權運動歌曲的討論，可以見我在《時代的噪音》一書中專文的詳細討論。

各種騷擾與攻擊，甚至警方的惡意逮捕。因此，民權運動組織SNCC 希望發起新的行動，藉由北方白人大學生的參與，來喚起更多關注，尤其是如一旦這些優勢家庭背景的白人青年被攻擊，會吸引北方的媒體注意。

　　另一方面從政治戰略來看，SNCC 認爲，過去幾年的靜坐與遊行的抗議是不夠的，唯有讓黑人擁有投票權才能改變政治權力的基礎，更能推動政策與制度改革。但現實是，許多黑人一輩子都活在白人的威嚇與強迫服從中，對於投票行爲不是恐懼就是冷漠，要他們出來投票格外艱鉅。也因爲投票行動是一種政治權力的爭奪，因此白人種族主義者更不願意黑人民權運動推動投票。

　　1964 年 6 月，將近一千名懷抱著理想與熱血的北方大學生參與了夏日計畫。

　　這對全美都是一件大事，媒體記者進入了在俄亥俄大學的行前訓練營，電視新聞大幅報導了他們的行動。青年們光榮地感覺到自己正在創造歷史。

　　不過，前方的路有些陰暗。

　　在訓練過程中，他們被告知可能會遭到攻擊或被逮捕，絕不可單獨出去，更不能被其他人看見跨種族的戀愛。在他們出發之前，密西西比州政府不僅增加警力，更修改法律，準備對付這些北方的「入侵者」。

就在志工在俄亥俄州開始受訓的第一天，6月21日，在密西西比州有兩名民權團體工作人員和一名志工失蹤了。這幾人在前一天下午被警察以違反交通規則逮捕，隔天在沼澤邊發現了他們被燒毀的車，人卻消失了。如果這只是一個黑人之死，不會是大新聞，但失蹤者包括兩名白人，立刻成為全國頭條新聞。直到兩個月後，這三人（James Chaney, Andrew Goodman, Michael Schwerner）的屍體才找到。

直到 2005 年，殺人者才被定罪。

面對這種情境，誰能不被恐懼吞噬？

一個參與者說：「密西西比的現實一天比一天更接近了。我們知道這個夏天會流淌的是我們的血。我感到害怕，非常害怕。」

有人退出了，但大部分人還是向南方出發。他們更為團結，更願意為了一個美好世界而獻身。

在密西西比，他們的工作是挨家挨戶去鼓勵黑人登記成為選民，讓他們知道投票的重要。自由之夏計畫也在當地設立「自由學校」，教導黑人青年知識與領導才能，最終吸引了三千多名學生參加。

然而，這些理想主義青年進入的是他們難以想像的世界：荒涼的街景，過度的貧窮與破敗，那是「另一個美國」——這是作家麥可哈靈頓（Michael Harrington）在兩年前出版、影響巨大的

OVERCOME

我們一定會勝利

暢銷書書名。那裡還有對黑人赤裸裸的歧視和暴力，以及充滿敵意的警察和白人：這些志工可能會因為和黑人接觸而被痛打，甚至讓黑人住家被燒毀。

看到這個世界的殘酷後，有人在夜裡哭著上床：「我實在看到太多太多，世界不應該是這樣子的。我記得自己很悲傷，同時又有罪惡感與憤怒。」

不過，這群青年們也有著快樂的派對與性愛時光——畢竟這是一群正值青春、且有同樣信念的男女，每晚在這個陌生的地方對彼此傾訴恐懼和夢想。此外，他們也得到許多來自黑人社群的愛與溫暖、直率與熱情。這一切都是他們從未體驗過的人與人的情感關係。

三個月的夏天結束了，最後是約有一萬七千人去登記，但卻只有一千六百人被政府登記處接受。

另一方面，不幸的數字更為驚人。

被殺害的人：四件。

重傷的人：四件。

被毆打的人：八十件。

被逮捕的人：一千件。

被燒或炸的教堂：三十七件。

不論他們在多大程度上改變了南方種族主義，至少這群青年在

行動中改變了自己，重新認識了什麼是美國、政治、道德、性
觀念，與對自我的想像。

4.

　　離開了那個夏天，離開了南方之後，這群夏日計畫的參與者
不再天真了。在那個充滿仇恨與暴力的環境中，他們被迫用全
然不同的視角認知世界，變得更激進、更憤怒，或者帶著滿身
的傷痕。

　　社會學者道格麥亞當在關於「自由之夏」的研究中，就強調
自由之夏如何連結起六〇年代後半期活躍的新左派和反文化運
動，亦即許多參與者在後來進一步成為運動組織者。例如，柏
克萊大學生包括薩維歐（Mario Savio）在回到學校後的秋天組
織了柏克萊大學的言論自由運動，那也是六〇年代第一場大
規模校園學運。而 SNCC 的組織者、黑人青年卡麥可（Stokely
Carmichael）在那個夏天看見南方黑人面對的暴力之後認為：「我
知道我不能不反擊而繼續被毆打。」兩年後他喊出「黑權」（Black
Power），揚棄民權運動的非暴力策略。

　　另方面，自由之夏的學生們本來就要追求一種摯愛的社群
（beloved community），可以說，他們提早體驗了六〇年代後期
更自由的性／愛關係、新型態的社群公社生活，以及對主流價

值的疏離，成爲青年反文化（counterculture）的先聲。

不過，那個夏天還有太多事發生了。

6 月，激進派黑人領袖麥爾坎 X（Malcom X）宣布：「我們要追求自由，不論透過什麼樣的手段。」

7 月，紐約哈林區和其他社區陸續出現黑人暴動，吹起了此後幾年黑人社區暴動的號角。

那個夏天在南方，有幾十起黑人教堂和房屋被暴徒焚燒。

連金恩博士都在夏天發表一本小書：《爲何我們不能再等待》（ *Why We Can't Wait* ）。

一首歌抓住了此後那些炎熱的騷動：〈在街上起舞〉（Dancing in the Streets）。這首歌原本只是描述夏天時，不分膚色的孩童在街上聽音樂跳舞、玩耍，但歌曲的節奏、歌詞，和演唱者 Martha and Vandellas 的歌聲，使其成爲 64 年及其後街頭抗爭的主題曲 [4]。

到了年底，知名 R&B 歌手 Sam Cooke 發行歌曲和同名專輯《改變正要來臨》（ *A Change is Gonna Come* ）。這是因爲他聽到狄倫的〈飄在風中〉後深受刺激：爲何是一個年輕白人，而不是黑人寫出如此關於美國種族主義的深刻歌曲。於是他唱出：

> 許多時候我以爲我無法再承受了
>
> 但現在我相信可以繼續堅持下去

雖然我們等待了很久

但是一場巨大的改變終於要來了 5

　　更巨大的改變確實是要來了，只是不知道是往哪個方向。

　　在 1964 年秋天，金恩博士獲得諾貝爾和平獎的肯定，次年
3 月，詹森總統通過投票權利法案消除投票的法律障礙，並引
用民權運動著名的口號／歌曲，「我們一定會勝利」（We Shall
Overcome）。但也是在 1965 年，金恩博士和人們在賽爾瑪
（Selma）的大橋上被打到流血。很快地，更多的暴力將會瀰漫
在空氣中，而遠方的戰爭將會撕毀這個國家。

　　在那個夏天之後失去天真的不只是這些學生，而是被憤怒和
死亡席捲的美國。但這群青年或許會永遠記得那個南方的夏天，
那個理想、青春與自由的氣味。

---

4. 關於這首歌，請見我的《聲音與憤怒：搖滾樂可以改變世界嗎？》2015 年全新增訂版。

5. 但他在歌曲發行前就被意外槍殺。

一九六三年三月的狄倫。

chapter.4

吶喊

在狄倫插上電後
搖滾成為
時代風暴的

"He is not busy being born is busy dying."

—— *Bob Dylan*

I.

當狄倫穿著皮夾克和皮靴，在 1965 年 7 月 25 日的新港（New Port）音樂節的傍晚把吉他插上電時，一整個時代的聲音被劃成兩邊：民歌復興運動的結束與搖滾時代的開啟。

雖然他在那個春天已經發表了一張有電樂器有搖滾風格的專輯《*Bring it All Back Home*》，但沒有人預料到這個民謠世界的國王現身時，會是如此的形象、如此的聲音。這是他第一次用搖滾面對世界。

沒有一個場合比新港民謠音樂節——這個民謠復興的基地——更能見證狄倫的歷程。1963 年，他被視為青年世代的代言人、民謠桂冠的詩人，黑白歌手前輩同輩大合唱他的〈飄在風中〉；64 年，他不再唱政治歌曲而被指控背叛抗議精神；到了 65 年，他成為台下上萬觀眾眼前民謠世界的陌生男子。（一個著名的傳說是他的民謠前輩彼得席格 [Pete Seeger] 氣到要拿斧頭切斷音箱的電線。）

　　狄倫和樂隊只演奏了短短的十五分鐘，卻製造了一場短暫而猛烈的革命。民謠的規則從此被改寫，而整個世界都被電到了。

　　在第一首歌〈Maggie's Farm〉中，電吉他手 Mike Bloomfield 的琴音就讓人坐立不安，接著狄倫開始唱起一首超過六分鐘的歌曲，一首後來被媒體選為搖滾史上第一名的歌曲：〈像一個滾石〉（Like a Rolling Stone）。他唱著：

　　這是什麼感覺／這是什麼感覺／沒有回家的方向／一切都是未知的／像一個滾動的石頭
　　（How does it Feel ／ With No Direction Home ／ A Complete Unknown ／ Like A Rolling Stone）

　　沒有一首歌比這首更能說明他當時的心境，他要獨自一人帶著整個世代開啟新的音樂想像，而他或許不知道的是，那個未知的前方是六〇年代後半期的黑暗、瘋狂與暴亂。

　　他嗚咽的琴聲就是新戰役的號角。

2.

從五〇年代末開始，紐約的格林威治村成爲民謠復興運動的基地。承繼著二十年前彼得席格等人的努力，民歌運動歌唱著現實的矛盾，關注著土地與人民。民謠也被視爲具有一種「眞誠性」（authenticity），要尋找古老而失落已久的那個美國。歌手們具有強烈的使命感，要反對五〇年代興起的大衆消費主義文化、反對商業主義的膚淺與流行，對抗現代社會的疏離、重新創造人們的團結，包括消解演出者和聆聽者之間的距離。民謠的眞誠性體現在歌詞意識、演出風格、藝術目的，甚至素樸的服裝。他們的歌詞內容不是青少年的蒼白與綺夢，而是生命的困頓與無奈，是生活的眞實體驗。

十九歲的狄倫懷抱著民謠之夢，從明尼蘇達搭乘灰狗巴士來到了紐約。

他到達紐約的這一天，1961 年的某個冬日，在格林威治村的一棟公寓中，一群活躍的年輕作家包括蘇珊桑塔格、諾曼梅勒、詹姆士鮑德溫等正在聚會，討論垮掉的一代（Beat Generation）之死。他們認爲垮掉的一代已經被商業主流所收編了，「Beatnik」已淪爲一種空洞的風格。

他們沒想到的是，如果此前「村子」（亦即格林威治村）的自由之火是垮掉的一代，現在則屬於抗議民歌，尤其很快地狄倫會結

合起這兩個傳統，開啟六〇年代的新反叛文化。

不久，在一場咖啡店演出之後，《紐約時報》樂評形容尚未成名的他說：「他可以超越音樂類型邊界，他既是一個喜劇角色也是一個悲劇角色。」「狄倫先生從未說清楚他的出生地和從何而來，但比起他要往何處去的問題，那已經不重要。而這個關於未來的問題，很快就會清楚了。」

這是一個深富洞見的記者，一個過於準確的預言者。

關於狄倫的過去，他的確從來沒好好說清楚。他剛到紐約格林威治村時，曾說自己是一個棄兒、一個馬戲團長大的孩子，或是如同他崇敬的前輩伍迪蓋瑟瑞（Woody Guthrie）一樣是到處流浪的歌手。

（除了虛構過去，日後他也將成為一名不斷戴上不同面具的魔術師，從舞台上耍寶的少年民謠歌手，到緊蹙眉頭的抗議歌手，到皮衣墨鏡的搖滾巨星，到虔誠的基督徒，或者一個隱世的神祕老頭。著名音樂評論人 Greil Marcus 說：「很少有歌手像狄倫那樣，在二十世紀的舞台上收集了如此多的面具。」[1]）

關於他的未來，則會和整個六〇年代的時代精神，那個時代的憤怒、暈眩與迷亂，都不可分割。

---

1. 導演 Todd Haynes 曾拍攝一部關於他的電影《*I'm not There*》，找了七位演員來演他的不同變身，包括女演員凱特布蘭琪。

SOMETHING IS HAPPENING AND YOU DON'T KNOW WHAT IT IS DO YOU, MR. JONES?

有些事正在發生，而你不知道，是吧，瓊斯先生？

他到村子的一年內就被傳奇製作人漢蒙（John Hammond）簽下唱片約。1962 年 3 月發行第一張專輯《*Bob Dylan*》，沒引起太大回響，但次年的第二張專輯《自由自在的狄倫》（*The Freewheelin' Bob Dylan*），不僅重新定義了民謠，更翻捲一個新世代的騷動。

在接下來兩年間，他寫下一首又一首關於那個青年世代的困惑和焦慮、與渴望追求改變的歌曲。他是最有影響力的民歌手，是抗議歌手的皇冠擁有者，是一整個世代的代言人。

民歌復興運動反映出的是六〇年代前期的朝氣與樂觀：那是年輕帥氣的甘迺迪總統號召青年的理想主義，是 1962 年新左派學生在〈休倫港宣言〉對世界提出的改造想像，那也是金恩博士所高喊的「我有一個夢」——在那個夢的背後是受迫的黑人與進步白人手牽手一起為黑人自由而努力。在那個時代，人們相信只要不斷奮戰，「我們一定會勝利」。

1964 年 1 月，狄倫發行新專輯《時代變了》（*The Times They Are A-Changing*）。 他緊蹙雙眉地唱道，時代正在變遷，沒有人可以擋住歷史前進的腳步。他警告政客和父母，一場戰爭正在進行，並且將撼動你們的牆壁，不要批評你不了解的東西，如果你不能伸出手幫忙，那就不要成為變遷的阻礙。

沒有任何文字與聲響的結合比這首歌更能詮釋那一年美國的

火山爆發：就在那一年夏天，民權運動組織者展開了「自由之夏」，北方大學生去南方參與民權運動；秋天，柏克萊大學被學生占領，展開言論自由運動，八百多名學生被警察逮捕。同年，國會通過民權運動法案，金恩博士獲得諾貝爾和平獎。大批青年加入全國性學運組織 SDS……

這張專輯是整個民歌運動作為一種政治抗議力量的頂峰，然而，狄倫並不願戴上那些光鮮的皇冠與標籤，他甚至厭倦了民歌的道德使命。就在 1964 年下半年，在一趟遊歷美國的汽車旅行之後，他發行了一張全然不同的新專輯叫《巴布狄倫的另一面》（*Another Side of Bob Dylan*）**2**。

他唱出自己的心境：

> 我只是一個平凡的、普通的人，
> 我像他一樣也像你一樣
> 我是所有人的兄弟和兒子
> 我和任何人都沒有差別
> 和我講話沒有任何用處
> 一如和你講話一樣
> （〈*I Shall Be Free No. 10*〉）

以及，

我曾經是如此蒼老，而現在年輕多了

（〈*I was so much older then that I am younger than that now.*〉）

（*My Back Pages*）

3.

沒有一種文化像搖滾樂能如此揭露與反映六〇年代的文化精
神：激情的、反叛的、思想的、敗德的、身體的。

搖滾樂誕生於五〇年代，但一開始只是青少年的慾望躁動，是
節奏強烈但頭腦簡單的娛樂，歌詞中盡是女孩、汽車、點唱機。
少年時期喜歡搖滾樂的狄倫說：「搖滾樂對我來說是不夠的。它
們琅琅上口、有強烈的節奏，並且讓你很 high，但是不夠嚴肅，
不能現實地反映生活。當我接觸到民謠時，這是更為嚴肅的音
樂。那些歌曲有更多沮喪、更多哀傷、更多對超自然的信仰，更
深層的感受……生活太複雜了，以致搖滾樂不能反映出來。」

從 1965 年初到 1966 年夏天，狄倫離開民謠世界，棄絕政治
抗議，以不可思議的速度連續發行了三張「搖滾」專輯《*Bringing*

---

2. 關於這一段狄倫的詳細分析，請見我的《時代的噪音：從狄倫到 U2 的抗議之聲》，印
刻出版。

It All Back Home》，《*Highway 61 Revisited*》，《*Blonde on Blonde*》。他以爆發性的速度將內心的困惑、世界的混亂和曖昧的囈語放置入他和樂隊建構起的繁複音樂舞台，讓搖滾樂從青少年的衝動與歡愉轉變更世故與深沉，更深刻與成熟的藝術形式 3，讓流行音樂可以被嚴肅思考。

這是搖滾樂的全新重生。

從 1965 年夏天那場新港音樂會起，接下來的十四個月，狄倫開始密集地世界巡演，在每一場，他一開始仍然會是那個民謠少年，而當下半場他把吉他插上電時，觀眾出現咆哮與噓聲，甚至走出場外。

狄倫彷彿是一個來自未來的先知，帶領門徒一窺搖滾樂的新光芒，但這個先知同時受到嚴厲的審判。他不時感到疲倦，不時奮力對抗。（藥物支持著他。）

在 1965 年之後，不只狄倫告別了舊的自己，美國也告別了六〇年代前期的純真。反戰運動日益激烈，黑人的不滿更為暴烈：就在 65 年新港音樂節後的三週，洛杉磯瓦特區發生嚴重騷動，三十多人死亡。接下來幾年是血腥、謀殺、暴力，石塊與炸彈、絕望與憤怒。

一如狄倫，整個世代的人都在尋找自己的身分，焦慮未來的方向。才不過一兩年前，前方的道路是如此確定：大家手牽手一起

推動一個更自由平等的社會，但現在彷彿一切都開始崩解。

許多人不能明白這個時代發生了什麼事，尤其是老的世代。

「因爲某件事正在發生，但你不知道這是什麼，是吧，瓊斯先生？」

狄倫在〈屠弱者之歌〉（Ballad of A Thin Man）提出了那個歷史時刻最讓人難忘的質問。

但他也被人們質疑，在這樣暴亂的時代，當美國的靈魂在火焰中流血，你竟然緘默不語？

不過，他比所有人都早預見，搖滾才是那個時代的聲音。即使早前的民歌能夠表達左翼知識青年與民權運動的不滿，相信「一把吉他可以殺死一個法西斯主義者」[4]，但在六〇年代後半，「飄在風中」的微風已經轉變成撼動一切的巨大暴風，必須要有能讓身體劇烈搖動的強大節奏，或者要能讓人迷幻到進入另一個次元的能量，才能回應時代的提問。

他眞的把自己插上了電，接上了美國劇烈顫抖的脈搏。

這個重生的搖滾樂也代表了二十世紀初前衛實驗的現代主義開始被大眾接受，凸顯了六〇年代文化革命的眞正意義在於高雅文

---

3. 披頭四就是在聽見狄倫之後，開始在 65 年做出更成熟、更實驗性的搖滾作品。

4. 這是 Woody Guthrie 的名句，請見《時代的噪音》專文。

化和通俗文化的界線被打破了。沒有人比狄倫更能體現這個戲劇性的轉折。當然，就在那兩三年間一起重新創造搖滾樂的思想、聲響和節奏的，還有 The Doors，Velvet Underground，The Who，Jimi Hendrix 以及變得更深沉的 Beatles 和 Rolling Stones⋯⋯

只是，正當這兩年的風暴吹毀與重塑了一切，狄倫卻在 1966 年下半年發生嚴重摩托車車禍，消失在人們視野中。

莫非他也如此前藍調大師 Robert Johnson 一樣，是和魔鬼交易靈魂來獲取無盡的音樂才華，因此被魔鬼暫時擄走了？畢竟，他如此年輕卻能在短短幾年間出版每一張都精采絕倫的經典專輯，先用抗議的時事歌曲帶人們走進燃燒的美國土地，而後又獨自一人走進一個充滿晦澀意象和神祕人物的超現實世界。而且，在形容「像一個滾石」的寫作過程時他確實說過，「是幽靈挑選我來寫這首歌的」。

他把歌曲以魔術般的手法植入我們的集體意識中，既被總統也被革命者引頌：在六〇年代後期成立的激進學生組織「氣象人」（Weathermen）的名稱就是來自他的歌曲〈地下鄉愁藍調〉（Subterranean Homesick Blues）：「你不需要一個氣象人告訴你風往哪裡吹」。

縱使狄倫已經不在革命現場，但卻依然無所不在。

一個偉大創作者必然是一個冒險家，一個神祕的巫師：狄倫手

上的吉他就是一個預知未來的水晶球，而他敏感的天線可以感受到正洶湧而來的震動，不論是六〇年代前期的理想主義，或者後半的瘋狂與暴烈。

更重要的是，即使他在此刻與其後不那麼直接地政治，但是當他反叛自己的過去，當他狠狠撕下民謠標籤，當他用盡一切力氣要對抗那些人們以為的必然，這不正是六〇年代後期的「革命」精神.？

嬉皮文化！

探索世界的另一種可能性

一九六七年，Jimi Hendrix 在蒙特利流行音樂節登場，並於演出中火燒了自己的吉他，震撼群眾。

> 「愛之夏基本上是提出一個問題：你想要繼續 1950 年代的無聊，或者你想要翻轉一切事情，就像十九世紀末的巴黎那樣。這就是我們所做的事：翻轉這眼前的世界⋯⋯」

—— *Grace Slick*（*Jefferson Airplane* 主唱）

I.

在 1960 年中期，許許多多的青年男女前往舊金山，他們穿著色彩斑斕的服裝，尋求自我與集體的解放，在彼此的懷抱中尋找人與人之間的關懷。

他們不是頹廢地自我放逐，而是要尋找一個美麗新世界。他們是要對異化的資本主義工作倫理、如機器般的官僚體制、人與人互相憎恨與殘殺的世界，進行一場烏托邦式的反叛。

人們稱他們為嬉皮（hippie），或花之子（children of flower）。

他們的文化革命是美麗而鮮豔的——或者，太過鮮豔而讓人迷失了。

革命的高潮是在 1967 年的夏天，人們稱之爲「愛之夏」（Summer of Love）。

2.

一開始是在舊金山的北灘（North Beach）。

五〇年代中期，垮掉的一代詩人在這裡創辦「城市之光」書店，詩人艾倫金斯堡在這裡念出震撼美國的詩歌〈嚎叫〉（Howl），凱魯亞克（Jack Kerouac）在小說《在路上》（*On the Road*）裡屢屢拜訪此地。

在北灘的咖啡店中，詩人、民謠歌手與藝術家們啜飲著 espresso，品嘗自由的味道。在這個看似富足但其實無聊的戰後美國，他們在這裡構築起一個挑戰世俗價值，追求藝術自由的避難所。

《在路上》成爲廣大年輕人的聖經，更多人想要來舊金山尋找自由。例如一個白人年輕女歌手 Janis Joplin，她在 1963 年從德州來到舊金山，爲了成爲 beatniks 的一員。她每晚在咖啡店中唱歌，用彷彿早已滄桑一世的喉嚨，或慵懶或激昂地把人魂魄吸進去般地唱著。

越來越多逍遙青年們湧入北灘追尋 beatniks 的夢，房租不斷上漲，警察不斷騷擾，人們開始轉移到較便宜的海特－艾希伯

里區（Haight-Ashbury）■。這裡有舊金山州立大學，比較有反叛氣息，且是沒落的工人社區，所以房租低廉。1965 年，這裡變成一個令人注目的城市景觀，一名記者把這個新群體稱爲「嬉皮」。

彼時，人們也剛發現一個進入神祕世界的鑰匙：迷幻藥（LSD）。

哈佛大學心理學家提摩西賴瑞（Timothy Leary）在五〇年代末開始研究 LSD 和其他藥物對於心智的影響，並發展出一套哲學，導致他在 1963 年被開除。離開學院後，他成爲最積極推廣 LSD 的大師，一個六〇年代反文化的 icon。

在西岸，青年肯克西（Ken Kesey）在 1959 年在史丹佛大學參加過 CIA 支持的 LSD 實驗，他在醫院的經驗讓他寫下一本小說《飛越杜鵑窩》，一夕成名。他對迷幻藥所帶來的感官體驗產生很大興趣，在家中邀人來一面體驗藥物，一面大聲播放音樂。而後更和朋友組成一個團體「快樂的惡作劇者」（Merry Pranksters），將一輛舊的學校巴士塗滿絢麗色彩，巡迴各處推廣藥物帶來的迷幻體驗。「快樂的惡作劇者」的成員有十幾人，包括傑克凱魯亞克的好友 Neal Cassady（也是小說《在路上》的主角原型）和史都華布蘭德（Stewart Brand）──此人會在 1968 年創辦一本刊物《全球型錄》（*Whole Earth Catalog*），影響一整代另類青年和網路與科技先驅者，包括當時也在舊金山的青年賈伯斯（見第十五章）。

1965 年，舊金山的嬉皮結合藍調、民謠、鄉村以及「迷幻」感

受，創造了所謂舊金山之聲：迷幻搖滾。在這迷幻搖滾的元年，Jefferson Airplane 成軍、Grateful Dead 開始正式演出。

66 年 1 月，肯克西把他的派對升級爲一場大型的「旅程音樂祭」（The Trips Festival），結合了搖滾樂、迷幻藥和視覺藝術：Grateful Dead 和 Big Brother and the Holding Company 在詭異瑰麗的投影中演唱，有上萬人參加。

不過，正如一名滾石雜誌記者在後來所說：「舊金山的祕密不是舞蹈、燈光秀、海報或是舞台動作，而是一種所有人去創造一個社群的想法。」是的，一如在更早前紐約格林威治村的民歌場景，是歌手和歌迷一起生活在村子中，這些迷幻樂隊就住在海特－艾希伯里區與大家爲鄰，嬉皮們也認爲他們就是「我們的樂隊」。

舊金山成爲眞正的迷幻異域。

1966 年 10 月，嬉皮們在金門公園中了舉辦一場「愛的遊行」（Love Pageant）抗議加州政府宣布 LSD 非法。他們認爲 LSD 讓人們可以更認識自我，可以讓人去冥想、創造和表達藝術，是追求心靈解放的工具。

67 年 1 月，嬉皮在金門大橋公園舉辦更大規模的集會，稱

---

1. Haight 和 Ashbury 是分別是兩條街名。

爲「人的聚會」（Human Be-In）。這個集會是要讓「不同部落聚集在一起」（gathering of the tribes），希望「柏克萊的政治運動分子和海特－艾希伯里區的愛之世代，以及全國各地屬於新國度的子民一起來歡慶一個屬於解放的、愛與和平的、關懷的和人類大同的時代」。

在傳單上一開始就說，「一個新的國度正在從腐朽的舊世界中誕生」，而結尾是：「把你的恐懼放在門外，加入未來吧。如果你不相信，請張開雙眼，自己來看。」

在舞台上，詩人艾倫金斯堡帶領大家吟唱，賴瑞鼓吹 LSD 的新體驗，來自柏克萊的傑瑞魯賓（Jerry Rubin）憤怒地呼籲大家反戰，迷幻搖滾樂隊 The Grateful Dead、Jefferson Airplane 接著演出。這場聚會來了兩萬人，讓舊金山的新文化成爲全美以及全世界的新焦點。

1967 年 6 月，披頭四發行專輯《胡椒軍曹的寂寞芳心俱樂部樂隊》（*Sgt. Pepper Lonely Heart Club's Band*）和單曲〈All You Need is Love〉，成爲嬉皮世代的國歌。（而海特－艾希伯里區的區歌可以說是 Jefferson Airplane 描述迷幻體驗的歌曲〈White Rabbit〉。）

也在這個月，Scott Mckenzie 的歌曲〈San Francisco（Be Sure To Wear Flowers In Your Hair）〉（舊金山（一定要在你的頭上戴上花））唱遍全美。

如果你要去舊金山的話，

一定要在頭上戴著鮮花

如果你要去舊金山的話

你將會遇到許多和善的人

對那些要去舊金山的人

夏天將會充滿了愛…

於是，成千上萬的年輕人頭上插著花朵，從美國各地而來，想要擠入海特－艾希伯里區這個愛之小城，尋找新的生命體驗。

《新聞週刊》（*Newsweek*）用了一個大標：「嬉皮來了」（The Hippies are Coming.）。

他們來了，在那個屬於愛的夏天。

3.

戰後美國初期是一個繁榮的年代，但豐盛的物質背後卻是精神生活的貧困。這也是最保守的年代，女人被傳統桎梏束縛，社會被冷戰下的恐共主義綁架。年輕人開始不滿，用名作家瓊迪迪安（Joan Didion）的話來說，「在 1964 年到 1967 年之間，我們似乎忘了告訴孩子們我們所進行的遊戲規則……這些孩子的成長環境似乎沒有一個由叔叔、阿姨、身邊的鄰居所組成的

網絡──這個網絡正是傳統上告誡和強迫社會價值的機制」。

的確，嬉皮們主張每個人都應該被允許做自己，去表現自我。

1967 年 7 月的《時代雜誌》以「嬉皮：一種次文化的哲學」做爲封面故事，摘要了嬉皮哲學：

「爲了改變體制，嬉皮們希望創造一個全新的社會，一個豐盛的精神世界。他們揚棄傳統的思維：西方的、生產導向的、目標導向的等。」

「做你自己想要做的事，不論何時、何地。改變每個你遇到的人的心靈。打開他們的心─如果不是靠藥物，那就依靠美、愛、誠實與愉悅。」

這種哲學似乎意味著嬉皮們更關心腦袋裡發生的東西甚於世界上發生的事。一般常區分六〇年代反文化的兩條路線，一是政治反抗，是對政治和社會體制的改造，另一種則是嬉皮文化，追求心靈和生活方式的解放。西岸是嬉皮文化的基地，聽的是迷幻搖滾；在東岸則是聽著民謠的知識憤青。甚至在西岸的舊金山也有兩個不同的場景，在柏克萊大學是激進的新左派，在海特街則是嬉皮遊樂園。他們彼此互不喜歡。

在 1965 年 10 月舊金山的第一次大型反戰運動集會（由柏克萊越南日委員會所發起），「快樂的惡作劇者」也開著他們的彩色巴士來了。肯克西上台發言時說，「你們想要阻止這場戰爭嗎？那

就轉過頭去，Fuck it！」然後離開了舞台。也因此在兩年後的「人的聚會」中，會強調要讓「不同部落聚集在一起」。

但嬉皮哲學的本質並不是與外在的世界無關。嬉皮們懷疑中產階級價值、反對核子武器和越戰，要把美國從戰爭的殘暴、舊道德觀和物質主義中解放出來。他們相信，愛會取代恐懼，而小社群可以取代父權的家庭制度和大眾社會的集體異化。他們拒絕成為「單向度的人」（法蘭克福派哲學家馬庫色的概念）。

他們說：「做愛不作戰」。

最有意識在嬉皮文化中實踐進步政治觀的，是游擊街頭劇場團體「掘地者」（The Digger），主要成員 Peter Coyote 和 Emmett Grogan[2] 原本就是舊金山的街頭劇場成員。Coyote 曾說自己最有興趣的兩件事就是推翻政府以及和女孩上床，而他人生的信念是：「我們給自己的任務就是想像一個我們想要居住的世界，並且靠我們的演出來實現這個想像。」

他們反對媒體對於舊金山場景的報導，也抗拒任何商業化的舉動。因此，掘地者每天在路上進行各種和行人互動的演出，免費發放食物，設立免費診所，建立免費商店（東西都沒標價）——他們深信把自由／免費（free）這個字放在任何東西前面，

---

2. Bob Dylan 在 1978 年的專輯《*Street Legal*》是獻給他。

就會改變一切。

「我們所做的一切都是免費／自由的，因爲我們是失敗者。我們什麼都沒有，所以我們什麼都不會失去。」

4.

如果搖滾是一門可以讓人癲狂的巫術，那麼 Jimi Hendrix 跪在舞台上點火燃燒他的吉他，應該就是這門巫術最震懾人的時刻了。

1967 年 6 月，當愛之夏揭開序幕，蒙特利流行音樂節（Monterey Pop Festival）在舊金山南方附近舉辦。這是嬉皮文化與迷幻搖滾的高潮吶喊，更是搖滾史上第一場巨星音樂節，點燃了新的搖滾文化火種。

原本是保羅麥卡尼和知名製作人 Lou Adler 及洛杉磯的民謠搖滾樂隊「媽媽和爸爸」（Mamas and the Papas）在年初聊到，搖滾還沒像爵士與民謠一樣被視爲嚴肅的藝術，他們想要做些什麼。畢竟，搖滾樂雖然是誕生於五〇年代，但要到六〇年代中期之後才從青少年的娛樂「登大人」，其中最重要的推手當然是插上電的 Bob Dylan，以及都在那一兩年間發表首張專輯的 The Doors、Velvet Underground，披頭四也從流行搖滾轉變爲更精緻而深刻。

Lou Adler 和「媽媽和爸爸」的主唱 John Philips 決定在 Monterey Jazz Festival 舉辦的同地點（在舊金山和洛杉磯之間）舉辦一場

盛大的搖滾音樂節，並邀請保羅麥卡尼、Mick Jagger、 Brian Wilson、Paul Simon、Smokey Robinson 等人掛名籌備委員會。

蒙特利音樂節不僅集合了當時最有代表性的搖滾樂隊，也成為他們最令人難忘的現場時刻：這是 Jimi Hendrix Experiences 在英國成名之後，第一次在美國的重要演出（是保羅麥卡尼推薦請他）；而當 Otis Redding 和 Janis Joplin 開口唱歌，他們就注定成為巨星（雖然都只是一閃而過的流星）；影響披頭四甚深的印度西塔琴大師 Ravi Shankar 的演出也讓許多人認識新的音樂世界。

這一切不只是演唱會現場的數萬人所看到，還有第二年在全美各地上演的紀錄片：D.A. Pennbaker 導演的紀錄片《蒙特利音樂節》（*Monterey Pop*）。此片不僅記錄下這些樂隊的現場火光，還有觀眾的畫面與訪談，讓人一窺嬉皮的彩色姿態。

不過，來自舊金山的 The Grateful Dead 拒絕被拍攝，因為他們覺得這活動太商業。事實上，對舊金山的嬉皮來說，洛杉磯代表著物質與商業主義。掘地者說，這個音樂節是一個富人的音樂節，因為洛杉磯的商人不了解舊金山的樂隊不是和社區分離的，而是就住在大家的街上。

這些批評是對的，但也來不及了。就在這個音樂節之後，嬉皮大街的音樂人真的離開了原來世界：Big Brother and the

Holding Company 投入狄倫的經紀人 Albert Grossman 旗下，Jefferson Airplane 搬去洛杉磯錄音過著奢華的生活，越來越像搖滾巨星，而不再是海特－艾希伯里區的社區樂隊了。

當整個搖滾文化開始成為更成熟的藝術形式，以及青年世代的新生活方式時，也意味成為一個更成熟的商業市場。1967 年 10 月創刊的《滾石》雜誌就是看到這個新文化與新商業的誕生，而想要成為代表這個世代的刊物。

5.

高潮就是結束。

當搖滾成為商業，海特區的嬉皮生活也成為媒體窺視的對象，和商業機器的誘人果實。巴士公司推出了嬉皮之旅，人們來這裡購買屬於嬉皮文化的各種商品，因此也有更多人進駐做起生意──直到現在。

另一方面，有越來越多奇怪的宗教狂熱分子或毒販進來攪和，也有越來越多逃家少年來到這裡藏匿，暴力、強暴等犯罪事件越來越頻繁。披頭四的喬治哈里遜在 8 月帶著好奇來到海特－艾希伯里區，卻被此處亂象嚇到了。他在後來說他所見到的景象讓他一生都不敢用藥。

於是，生活轉變為奇觀、團結變成失序、文化成為商機、迷幻

之旅成為黑暗深淵，一個自發地追求愛與理想的社群開始逐漸崩解。

當嬉皮文化本來要在愛之夏達到高潮時，卻宣告了這是一個結束的開始。

在秋日的 10 月，最激進的掘地者舉辦了一場「嬉皮之死」遊行，他們抬著棺材高喊著：「由於你飢渴地同意，媒體創造出了嬉皮」；「不要被照片和文字所收買。這個城市是我們的，去爭取你所擁有的……」

是的，媒體創造了嬉皮文化的風行，也用力敲打著他們的喪鐘。夏天過去後，他們大量報導這裡的吸毒、街頭流浪漢，以及部分人的犯罪行為。

原先懷抱著夢想的嬉皮紛紛離開海特－艾希伯里區，有人去了農田繼續實踐另類生活，更多的參與者則走向美國各角落，繼續傳播嬉皮精神的火種。

兩年後，火種們一度聚集到東岸的胡士托（Woodstock）。在這裡，一場三天三夜的演唱會成為六〇年代愛與和平精神最盛大的火焰 3 。

---

3. 關於 Woodstock 音樂節的深入討論，請見我的《聲音與憤怒：搖滾樂可以改變世界嗎？》十週年增訂版（2015）。

但一如 67 年在舊金山愛之夏的高潮後接續著死亡，胡士托嬉皮精神的猛烈燃燒後，是揮之不去的濃烈黑煙，讓嬉皮的繽紛面貌變成深沉的黑暗髒亂。就在這個 69 年的夏天，吸引許多嬉皮跟隨、並住過海特－艾希伯里區的曼森家族，犯下數起嚴重凶殺案。12 月，滾石樂隊在加州阿特蒙的一場演唱會上，一人在騷動中死亡。

嬉皮文化本來最反對的暴力成為自身的墓誌銘。

接著，1970 年 9 月，吉他之神 Jimi Hendrix 猝死；10 月，嬉皮之后 Janis Joplin 因為過度服用海洛因而死亡。迷彩被迫換上黑色喪服。

派對結束了。一場美麗的盛宴轉變為令人不堪的杯盤狼藉。

6.

嬉皮是二十世紀資本主義體制中最偉大的一場文化革命。當然，這場革命注定是失敗的。因為他們雖然看到了體制的部分病徵：異化、對自然的剝削、對人類創造性的束縛等，卻沒有提出改變的方案。他們只是想天真地逃逸出體制，建立一個華麗的烏托邦，而不是想要改變綑綁他們的社會結構和政經權力。所以他們創造出的文化與音樂注定被商業體制吞噬，而花之子們注定會對持續的逃逸感到疲憊與困頓。

尤其進入 1968 年，民權運動領袖金恩博士以及甘迺迪總統之

弟勞伯甘迺迪（Rober Kennedy）先後遭到暗殺；美軍在越南馬賴屠殺平民，震驚世界，反戰運動完全不能阻止戰爭，更多人決定用暴力和革命來對抗體制。

革命夭折了，嬉皮們也長大了，成為既得利益的中產階級。進入八〇年代，雷根總統創造了新保守主義的時代精神，貪婪自利、追求成功成為時代信念，金錢成為主導美國的價值。六〇年代的嬉皮在八〇年代變成了「雅痞」——他們在經濟上是保守的物質主義者，但在社會價值上他們卻不甘被雷根收編，繼承了六〇年代的自由開放。在九〇年代，他們選出了柯林頓當選總統。

這是 1967 年愛之夏遲到的革命果實。當年的起義雖然失敗，但卻使得原本保守的布爾喬亞中產階級從此染上波希米亞的迷彩想像，成為所謂 Bobo 族（Bourgeois bohemian），迷幻藥宗師賴瑞早在 1966 年就預言到這一切：他說，不用擔心這個 LSD 世代的命運。他們有些人會回到主流體制中，但會為體制注入新思想；有些人會繼續挑戰體制成為藝術家和作家……

是的，如今我們都是嬉皮之子了，因為他們當年高舉的旗幟始終在一代代人心中激起回音：那是對於愛與和平的追求，對於社群凝聚的渴望，對於逃離資本主義鐵籠的嚮往，對於人與自然和諧的重視等等。

甚至我們這個時代最重要的網路文化，都是承繼著嬉皮精神。從嬉皮到網路時代最重要的一個橋梁布蘭德說：「六〇年代嬉皮的社區主義和自由放任的政治觀構成了現代網路革命的起源。當時，我們的無政府主義心態看起來是危險的，但是反文化對中央集權的排斥，為去中心化的網路和個人電腦革命提供了重要的哲學基礎。」

　　更重要的是，他們不僅有想像另一種可能的勇氣，而且真的實踐為真實生活。正如 Grace Slick 在多年後說：「我想『愛之夏』就像一個神奇寶物。在最基本的意義上，藝術提醒了我們想要成為怎樣的人和如何到達那裡。這是藝術如何改變世界。『愛之夏』也是如此：它提醒了我們有什麼樣的可能性，和我們試圖建立的未來。」

MAKE LOVE, NOT MAKE WAR.

做愛不作戰

青春、自由與愛……

一部電影與一個時代

電影《我倆沒有明天》一幕。邦尼和克萊德帥氣美麗，雖然搶錢殺人，但不會讓人覺得邪惡與壞，反而只覺得他們是活潑調皮，可愛任性。

chapter.6

I.

「他們正青春。他們彼此相愛。他們殺人。」

這是 1967 年電影《我倆沒有明天》（*Bonnie and Clyde*）的宣傳語。

這個「他們」中的男主角，本來可能會是巴布狄倫——至少在 1966 年時，電影的製作人華倫比提（Warren Beatty）一度這麼想過。畢竟當時狄倫剛換上搖滾外衣，是那時代最叛逆不羈的形象。

1960 年代，當整個美國社會被翻天覆地地攪動，流行音樂已經不斷迴盪著青年的不滿與困惑時，好萊塢電影圈卻依然保守老化，直到 1967 年的這部電影《我倆沒有明天》吹起了電影的革命號角，開啟了好萊塢最有創造力的十年。

邦尼和克萊德也將成為所有亡命鴛鴦的原型。

2.

這部電影原本並不被看好。

《我倆沒有明天》的真實故事是在 1930 年代經濟大蕭條時代，一對亡命鴛鴦搶銀行，意外殺了警察，最後被警察圍剿槍殺。

原創劇本班頓（Robert Benton）和紐曼（David Newman）不是電影工業內的人，而是《君子》（*Esquire*）雜誌的編輯。這兩個文藝青年熱愛法國的新浪潮電影，尤其是高達的《斷了氣》和楚浮的《夏日之戀》（*Juliet and Jim*）。班頓說他至少看過後者十二遍。對他們

來說，「法國新浪潮讓我們可以去寫更複雜的道德，更曖昧的人物性格，更糾纏的關係。」

1963 年，他們讀到一本關於三〇年代初一群不法之徒的書《The Dillinger Days》，提到一對來自德州的鴛鴦大盜邦尼和克萊德，他們深深著迷於這個故事，想要改編成劇本，並想像著如果是用法國新浪潮的風格來拍攝，那麼會是《斷了氣》加上《夏日之戀》加上美式犯罪類型片的新品種。

這兩個年輕的編輯希望是由偶像楚浮來導演。楚浮很喜歡這劇本，甚至花了幾天和他們一起腦力激盪，但後來轉給另一位法國新浪潮導演高達，高達也是想拍沒拍成。最終楚浮把這劇本推薦給年輕的美國演員華倫比提，比提在看到劇本幾小時後就買下版權。

華倫比提成為電影的製作人和男主角，請亞瑟潘（Authur Penn）擔任導演，費唐納薇（Faye Dunaway）擔任女主角。

電影中的邦尼和克萊德帥氣美麗，他們雖然搶錢殺人，但不會讓人覺得邪惡與壞，反而只覺得他們是活潑調皮、可愛任性——當他們一度抓到德州巡警時，邦尼甚至親他一下來羞辱他。他們也不像後來的《閃靈殺手》中的情侶尋求無意義的暴力和血腥，只是想追求自由與不受體制約束的生活。

班頓說：「如果邦尼和克萊德是活在今天，他們會是 hip 的。

他們的價值已經融入我們的文化——當然這不是指搶銀行和殺人，而是他們的行事風格、他們的情慾、勇敢和有教養的高傲，他們充滿自戀的不安全感、滿懷的好奇心，都和今日我們的生活方式息息相關。」

這表示這兩位編劇所關懷的不只是過去的歷史，更是關於現在發生了什麼事。

原始劇本有一部分劇情是三角關係（想想《夏日之戀》），是克萊德和一個跟隨他們的小子的曖昧情愫，但導演亞瑟潘推翻了這一段，因為如果主角作為殺人搶犯又是同性戀，會很難獲得觀眾認同。後來改成男主角克萊德是性無能，讓性挫折連結上他對暴力的喜好。

雖然華納兄弟有投資，但卻沒有積極推廣，因為對大片廠來說這像是一部藝術電影。1967 年 8 月電影上映後，一開始得到許多負面影評，票房也普通（只有在紐約很好），因此華納兄弟在 12 月中就讓它下片。然而，當時影評人 Pauline Kael 是唯一慧眼獨具的影評，她在《紐約客》寫說這部影片是近年來最讓人興奮的美國電影，此文之後，逐漸有許多正面評論出現，聲勢開始逆轉。（後來她也因為這篇文章的眼光成為《紐約客》的固定影評人。）

12 月初，《時代》雜誌由知名普普藝術家 Robert Rauschenberg

以《我倆沒有明天》為本製作了一個封面，標題是「新電影：暴力⋯性⋯藝術」。這篇報導承認他們原先給的負評是錯的，並且說「不論是對影迷或影評來說，越來越有一種共識是，《我倆沒有明天》是當年最好的電影，是一個分水嶺，並開啟了一種新風格、新潮流。」

次年 2 月，該片重新在更多戲院上映，且在奧斯卡金像獎獲得十項提名，雖然最後只拿下兩個獎，但《我倆沒有明天》不僅成為 1968 年最賣座的電影之一，並且成為影史上的經典電影。

3.

《我倆沒有明天》的革命性是多重的，一方面他們不僅回應了那個時代躁動的青年文化，另一方面這部片本身就是一個對好萊塢既有體系的挑釁者。

電影上映的 1967 年夏天，正是嬉皮文化的高潮時刻，而整個六〇年代，青年世代在追求自由、反抗體制，所以《我倆沒有明天》完全打中了那個時代的感性與年輕人的心靈。在片中，這兩個迷人的搶犯以及他們的夥伴是酷的、純真的，加上一點正義感，他們對抗的是老舊陳腐的道德秩序、法律和銀行，因此很能讓年輕的觀眾認同。更不要說，電影將犯罪與不法之徒浪漫化，將反抗體制的暴力正當化。

紐曼說，對六○年代的反戰世代來說，「作爲一個不法之徒是一個很屌的事，不論你是克萊德巴洛或是艾比霍夫曼（Abbie Hoffman）。我們寫的所有東西都是關於如何撼動中產階級社會，關於如何跟一般守規矩的人說：『我們不做那些，我們只做我們想做的。』不過，我們愛邦尼和克萊德的不是因爲他們是銀行搶犯，畢竟他們是很糟的搶犯。真正讓他們如此有魅力、對社會如此有威脅性的地方，在於他們是美學上的革命者。從我們的觀點看來，最終殺了他們的因素不是因爲他們違反法律，而是他們在 C.W. Moss（註：跟隨兩人搶劫的一個年輕人）身上放了一個刺青。C.W. Moss 的父親對他說，我不敢相信你讓這些人在你皮膚上畫圖。我想這才是六○年代的核心。」

67 年除了是嬉皮的浪漫與自由，也是血染的暴動年代：那個夏天既是「愛之夏」，也是仇恨的夏天，「一個炎熱而漫長的夏天」，因爲在幾個大城市都出現嚴重的黑人暴動，火焰四起。在紐渥克（Newark）的暴動有二十九人死亡，數百棟建築損毀；在底特律的暴動有四十三人死亡、一千多棟房子被毀壞——這個城市的靈魂被徹底改變了。

1968 年的天空更是濃烈的血紅了。

《我倆沒有明天》獨特的暴力美學因此成爲現實的映射。也因爲恰好處於兩種電影體制轉換中的空隙，一個是從 1930 年代就開

始採用的舊審查制度,另一個是 1968 年 11 月才開始的分級制,所以它的暴力尺度是當時好萊塢少見的,卻是所有人都能在戲院看。

在拍攝最後一幕邦尼和克萊德被警察團團包圍槍殺時,導演亞瑟潘回憶說,當時他想到那個夏天的黑人暴動和越南戰爭,並希望這一幕讓人聯想到那個時刻的黑暗與驚悚。

就電影工業來說,此前好萊塢電影公司最賺錢的是 007、約翰韋恩的西部片、迪恩馬丁(Dean Martin)的喜劇、懷舊音樂劇或戰爭片,且大都是老演員主演和重複的劇情。這個產業不鼓勵導演個人的自主性與個人風格,也與那個正在劇烈變化的現實毫無關係。這讓年輕的觀眾越來越不耐,因此電影產業到六○年代中期票房不斷下滑,直到《我倆沒有明天》才有電影呈現出他們的語言、他們對現實的感受,68 年的憤怒青年們更在這部電影中看到了警察暴力、越南戰爭,和種族暴動。

雖然班頓他們在六○年代初期前寫劇本時,這些問題都還沒那麼嚴重,但他們的確是希望這電影能夠反映現實,只是當初想的更多是鴛鴦大盜的反叛與浪漫,超越一般倫理的愛情(三角戀),以及新的電影語言,而非六○年代後期的暴亂與騷動,這是電影有了自己的生命。

可以說,《我倆沒有明天》解放了大片廠的舊思維,促進了以

作者為主導的「新好萊塢」[1]：67 年 12 月有同樣挑釁社會規範的《畢業生》，68 年有庫伯力克的《2001 太空漫遊》，然後馬丁史柯西斯、阿特曼、柯波拉、喬治盧卡斯、伍迪艾倫，一一在七〇年代拍下美國電影史上最傑出的作品。

導演亞瑟潘說：「我們不知道當時打中了什麼。但在《我倆沒有明天》之後，一切的牆都倒下了。」

影評人 Peter Biskind 在研究這段歷史的經典著作《逍遙騎士，蠻牛》（*Easy Rider, Raging Bulls*）中說，從六〇年代末起，好萊塢開啟最有創造力的十年，但到了七〇年代中期的《大白鯊》和《星際大戰》這種「大片」，又讓大片廠奪回主導權。當然歷史總是曲折地來回，九〇年代之後又興起一股獨立電影浪潮，改變好萊塢的美學和製作方式，但《我倆沒有明天》的五十年後的今天，又有很多新的牆又被樹立起來——超級英雄、續集、動畫主導了美國電影市場，雖然同時，新的平台和新的參與者如 Amazon、Netflix 等又給創作者新的可能性。

一場新的電影革命似乎正在我們眼前展開。但無論形式與平台如何改變，關鍵是創作者能否回應時代的想像，表達時代的聲音。

我們還是會有明天的。

1. 甚至也迫使影評人進行典範轉移。《紐約時報》原本的資深影評人不斷批評這部電影，
但他在 68 年底被撤換。該報編輯說，「我們需要有人從全新的眼光來理解新的電影」。

一九六七年六月二十四日，詹姆士梅瑞迪斯戴著太陽鏡和白帽，與支持者沿著美國五十一號高速公路，從田納西州的曼菲斯走到密西西比州傑克森市，以對抗投票權利法案通過後仍然存在的種族主義。

chapter.7

MISSISSIPPI
US
51

「我有一個夢」之後：

金恩博士的

最後掙扎

DARKNESS CANNOT
ONLY LIGHT CAN DO
HATE CANNOT DRIV
ONLY LOVE CAN DO

黑暗不能驅走黑暗，只有光明才可以。
仇恨不能消除仇恨，只有愛才可以。——金恩博士

IVE OUT DARKNESS;
AT.

UT HATE;
IT.

你當然知道馬丁路德金恩博士為黑人民權運動奮鬥，知道他著名的演說〈我有一個夢〉，或者知道他在 1968 年被槍殺。

但你或許不知道的是，在他死前三年，其所面對的環境和他自己的理念，都出現艱難的挑戰。一方面年輕一代黑人運動者激烈批評金恩的非暴力路線，主張採取更激進暴力的行動，另一方面，金恩提出比此前民權運動更革命性的改革主張，反對貧窮和反對越戰，這又讓不少白人自由派感到不滿。

他感到前所未有的疲憊與困頓，但他當然沒有放棄。

直到 1968 年 4 月 4 日的那聲槍響。

I.

從五○年代中期開始的民權運動是要打破種族隔離，要讓黑人可以平等地和白人上同樣的巴士、同樣的學校，去同樣的餐廳，享有同樣的投票權。這在根本上是要落實美國獨立宣言，讓人人平等，要讓人可以獲得「自由」──自由正是民權運動的關鍵字。

金恩博士是這個運動最重要的領導者。1964 年，他獲得諾貝爾和平獎；那年，美國通過民權法案，消除了制度性的種族隔離，雖然前方的路還很長遠。

1965 年 3 月，金恩博士率領民權運動者在阿拉巴馬州的賽爾瑪（Selma）進行遊行，要跨越一座橋到另一座城市，卻遭遇當地警

方的巨大暴力攻擊，震撼整個美國的良心 **1**。這座橋成為民權運動的一個重要象徵與地標。

幾天後，詹森（Lyndon Johnson）總統在國會發表演說敦促國會通過「投票權利法」（Voting Rights Act），他說「在賽爾瑪所發生的事是屬於一場更大的運動，而這場運動已經深入到美國的每個角落……黑人所要爭取的目標也是我們所要爭取。因為這不僅是他們的事，而是所有人都需要克服過去的仇恨與不正義。」他停頓一下後，引用民權運動的經典歌曲說：〈我們一定會勝利〉。

當詹森總統在夏天正式簽署這個國會通過的法案時，金恩博士就站在他身邊。

這是民權運動的高潮，也是分裂與一個暗黑階段的開始。

因為同樣是這個夏天，洛杉磯瓦特區發生嚴重暴動，烈焰焚城，三十多人死亡。

事實是，正如詹森總統自己在後來所說，雖然南方的黑人民權到了此時有很大的進展，但「北方的那種歧視——更細緻、沒有被公開、且根深柢固的——更難被打破」。

---

1. 2014 年美國有一部電影就直接叫《Selma》（台譯《逐夢大道》）重演那段歷史。

是的，即使民權運動已經激烈地推進十年，且政府通過兩個重大的民權運動法案，但是美國仍然是一個實質上不平等的社會。

美國六〇年代前期的樂觀主義和自由派共識在此之後逐漸瓦解。新一代的黑人激進派看到黑人實質處境的問題依然存在，認為金恩的非暴力行動是無效的。另一方面不少白人種族主義者對於黑人民權的進展越來越不爽，越來越劇烈反撲。而金恩開始明確表態反對越戰後，更讓他的自由派盟友不滿。

這讓金恩數面受敵。

2.

1966 年，年輕的民權運動者詹姆士梅瑞迪斯（James Meredith）發起一場「免於恐懼的遊行」（March Against Fear），要獨自從田納西州的曼非斯走到密西西比州傑克森市，以對抗投票權利法案通過後仍然存在的種族主義。第二天在路上，他被白人開槍打傷。

其實四年前他已是全國性知名人物，因為他是第一個黑人學生進入原來只有白人就讀的密西西比大學，當時州政府和大批白人不讓他入學，甚至發生暴動，甘迺迪政府必須派軍隊保護他才能讓他走進學校。那是歷史性的一刻。

梅瑞迪斯受傷後，各界民權運動領袖都去聲援，要持續他未完成的遊行。尚未參與政治太深的黑人靈魂音樂巨星詹姆士布朗

（James Brown）也到場演唱。

　　還有一個關鍵人物也來了，他是剛當選當青年黑人民權運動組織 SNCC（Student Nonviolent Coordinating Committee ／ 學生非暴力協調委員會）主席的卡麥可（Stokely Carmichael）。這個激進青年早就不耐於金恩博士的路線，認為黑白融合（integration）只是意味著黑人被同化（SNCC 在兩年前才號召黑白青年一起參與「自由之夏」，而卡麥可也是參與者）。他和他的同伴們閱讀毛澤東與法農，崇敬麥爾坎 X 甚於金恩，相信中國和古巴的革命。（麥爾坎 X 原本就對北方城市貧民區的黑人比較有吸引力，而卡麥可就是一個來自北方的黑人，不像此前 SNCC 領袖主要是來自南方。）

　　連續幾個晚上，年輕的他和金恩博士各自針對不同群眾演講，金恩期待的是像前一年賽爾瑪遊行一樣，黑人與白人能一起前進，卡麥可卻很反對白人的參與。

　　卡麥可又再一次被逮捕然後釋放，他在現場發表了一場即將改變了黑人民權運動的演說。

　　「這是我第二十七次被逮捕，而我不會再去監獄了。要阻止白人繼續毆打我們的唯一方法就是奪回我們的權力。我們已經要求自由要求了六年，但我們什麼都沒有得到。現在我們要說的是：黑人權力（Black Power）！」

群眾跟著高喊：「黑人權力！」

這個字從此成為新的運動口號、新的運動方向。

黑人權力在政治上意味著一種分離主義，拒絕與白人合作，甚至有人主張建立自己的國家。例如啟發他們的麥爾坎 X，不但主張暴力，也是一名黑人民族主義者。他說，「咖啡是我唯一希望黑白混合的東西」。

文化上，黑權要挖掘和表達非裔美人的文化與認同，從食物、髮型、音樂到整個文化遺產，一面認識自己的驕傲與美麗，另方面擁抱黑人的痛苦與磨難，進而從這些傳統、歷史與身分去建立黑人的力量。

金恩曾勸說把「黑人權力」改成「黑人平等」（Black Equality），但卡麥可對妥協沒有興趣。

SNCC 此前有不少白人參與，尤其是在 64 年的自由之夏，更有不少白人加入。但在 66 年底，他們驅逐所有白人成員。

這一年 10 月，另外兩個年輕人席爾（Bobby Seale）和紐頓（Huey Newton）在加州奧克蘭成立一個新的激進黑人組織：黑豹黨（Black Panther Party），他們強調革命戰鬥與組織黑人社區，很快成為美國六〇年代後期最有影響力的黑人權力組織。

由於黑人的挫折與憤怒不斷加深，黑權的激進主張很快主導了民權運動的政治想像。黑人歌手開始演唱具有黑權氣息的歌曲，不少

白人名人則被他們的「酷」所吸引（作家 Tom Wolfe 創造一個概念來形容這種對黑權的支持：「激進的時髦」／ radical chic）[2]。

著名黑人作家包德溫（James Baldwin）在那一年觀察到，都市貧民區的貧窮和歧視像一個隨時可能爆發的火藥彈。如果沒有爆炸那就是一個奇蹟。

3.

在六〇年代中期，金恩博士的思考已經超越原來的框架。他相信，種族主義不是孤立的問題，而是和資本主義、殖民主義都有關。民權運動要從第一階段對基本尊嚴、公民自由和投票權的爭取，進入到第二階段：經濟平等，亦即要要求政府將資源從戰爭轉向房屋、醫療、教育等。而這必然比之前更為困難。

他也開始批評越戰，認為詹森此前提出的「大社會」（Great Society）計畫是戰爭最主要的受害者，因為「大社會」原本是一個消弭貧窮的計畫，但結果是 65 年之後政府的經費或心力都在越戰上，無能處理貧窮問題。因此，「我們必須把民權運動的動能和反戰和平運動結合起來」。

---

2. 例如電影《斷了氣》的女主角珍西寶就是非常支持黑豹黨，她的故事可以見《高達和他的女人》，四方田犬彥著，黑眼睛出版。

這個反戰姿態讓他跟詹森政府的關係日益緊張，也遭遇到白人自由派、主流媒體，及不少黑人民權運動者的反對。因為反戰聲音在彼時的美國還不是主流，批評者很容易被視為不愛國，或者同情共產主義。

1967 年 4 月，金恩博士在曼哈頓的河濱教堂（The Riverside Church）發表一場重要的演講，試圖把他對激進派的暴力和對美國政府的暴力的反對結合起來。

「當我走在沮喪而憤怒的年輕人之中，我跟他們說，汽油彈和槍彈無法解決問題。但他們會反問我，這個政府不也是用大量的暴力來解決問題嗎？……所以我知道，我永遠無法大聲反對貧民區的黑人受壓迫者採取暴力——如果我不能先反對今日這個世界最主要暴力的來源：我自己的政府……這種瘋狂必須停止。」

他批評美國政府「將已經在社會中缺乏足夠資源的黑人青年送到八千里外的東南亞去確保別人的自由，但其實他們在喬治亞的西南方和東哈林區都無法確保自由。」

「我深信如果我們要站在世界革命的正確一邊，我們作為一個國家必須經歷一場激進的價值革命。我們必須從一個事物導向的社會轉成人性導向。當機器和電腦、利潤動機、財產權被視為比人更重要，那麼種族主義、極端物質主義和軍事主義的巨大三位一體，就不可能被克服。」

67 年 5 月他發表另一場演說叫〈三種邪惡〉：種族主義的邪惡、戰爭的邪惡和貧窮的邪惡。對於種族主義，他說：「我們必須承認一個事實，許多美國人想要一個對白人是民主的、但對黑人則是獨裁的國家。」他進一步說，第一階段的民權運動結束了，現在的新階段是要在所有層面爭取真正的平等，而這是更困難的。「讓黑人可以和白人進同樣的旅館不會讓這國家花錢，讓黑人有同樣的投票權不會讓這國家花錢，但是去解決貧窮、去消弭貧民窟，去讓有品質的融合教育可以落實，國家必須付出巨大的金額。這是我們現在的處境。而我們一定會失去一些朋友。」畢竟，經濟平等比政治自由涉及更大的資源重新分配。

對許多白人自由派來說，通過投票法案已經是民權運動最重要的成就，因此金恩在這階段的激進化，讓許多原來支持他的白人日益不滿。白人種族主義者當然更是態度強烈，前阿拉巴馬州長喬治華勒斯（George Wallace），一個惡劣的種族隔離主義者，決定競選總統。這是所謂的「白人的反彈」（White Backlash）。

金恩對此也有強力的反批評。「有些人說這叫做『白人的反彈』。但其實，有很大一部分白人對於真正的種族平等一直都是猶疑與曖昧的。」因此，「黑人權力」和黑人暴動不是導致白人反彈的原因，而是其結果。「黑人權力的主張是對白人權力的沮喪、挫敗的反撲與吶喊。」

的確，在接下來那個漫長而炎熱的 67 年夏天，從底特律到紐沃克，全美將近三十個城市出現大規模黑人社區暴動，所有的憤怒化成火焰。卡麥可說，美國黑人要在都市進行游擊戰。接任他擔任 SNCC 主席的布朗（H. Rap Brown）說：「應該要有比掠奪（looting）更多的槍擊（shooting）……白人就是你們的敵人……你必須擁有一把槍。暴力是必要的，這就像櫻桃派一樣是很美國的。」

　　在這些暴動中，六千多人被逮捕，四十多人死亡。許多美國人感到不認識自己的國家了。詹森總統指定一個委員會稱做柯納委員會（Kerner Commission）調查事件原因。

　　金恩對這場暴動也有自己的解釋。在一場演講中他先引用雨果的話說：「如果一個靈魂被丟棄到黑暗中，那麼罪惡就會出現。但真正該被責怪的不是犯罪的人，而是製造黑暗的人。」

　　他接著說：「白人社會的政策制定者就是製造黑暗的人。他們創造了歧視，他們創造了貧民窟，他們讓失業、無知與貧窮不斷惡化。」他說，這個暴動有五個原因：首要原因就是「白人的反彈」，「因為暴動的根本是一種對於白人反抗所蘊含的攻擊和惡意的反抗情緒。」

　　金恩並不天真，他太了解「黑人權力」的激進呼聲是來自美國社會更根深柢固的種族主義，他只是不贊成炸彈可以解決問題。但

他的言論只會引起更多白人反彈。

1967 年 7 月，金恩博士出版新書《我們該往哪裡走》（*Where do we go from here?*），進一步闡述上述理念。

值得一提的是，他在書中已經提出了現在越來越多人在倡議的「保障基本收入」（他主張的是針對窮人，但今許多人的主張是給全民）。他相信這個財富分配系統不只可消弭以金錢來衡量人的價值的不正義，更能「讓人們獲得自由去追求可以增加知識的工作、鼓勵對文學的追求，並提升思想。」

但激進派還是不接受他。《紐約書評》8 月號有兩篇文章討論日益頻繁的暴力行動，封面是一幅如何製作摩洛托夫雞尾酒炸彈的插圖。其中一篇文章嚴厲批評金恩說：「金恩已經被時代拋棄了，已經被他所協助產生但卻不能預測的事件所取代……貧窮黑人已經取代自由派菁英來到舞台的中央……。」

黑人的激進與暴力化，白人的反彈與疏離，讓金恩兩面受敵、內心痛苦不堪。他的語言也越來越激烈。在 1968 年 2 月的演講中說：「一種對於黑人的種族滅絕（genocide）正在出現……心理的和精神的種族滅絕。」

不過，面對這些挫折，他依然信仰堅定。在上述〈三種邪惡〉的演講中，他說，「在某些議題上，懦弱的人會說，這安全嗎？便宜行事的人會說，這夠聰明嗎？虛榮的人會說，這會受歡迎

嗎？但有良心的人會問，這是對的嗎？在某些時刻，你必須採取立場，即使這個立場不是安全的、聰明的、受歡迎的，但你仍然必須做，因為這是對的。」

4.

金恩博士很早就認識暴力的滋味。

1956 年，二十七歲的他在蒙哥馬利的家第一次被炸彈攻擊。十一個月後，他家門口遭到霰彈槍射擊。彼時民權運動才只是在最初的開端。

1958 年，他在哈林區被人用刀刺傷胸口，差點身亡。

除了可能出現的暴力攻擊，他還被政府威脅。金恩得到諾貝爾和平獎後，惡名昭彰的 FBI 局長胡佛也發動對他的攻擊。他們寄給他一封匿名信中說有他婚外情的資料，並暗示說如果他不自殺，後果會很嚴重。

1968 年 2 月，柯納委員會的報告正式出爐，用強烈的語言指出美國的種族矛盾非常嚴峻：「隔離和貧窮已經在黑人貧民區創造出一種白人所完全不知道的毀滅性環境。白人所不能了解，而黑人（Negro）永遠不會忘記的，是白人社會和黑人貧民區的存在是緊密相關的：白人制度創造了它，白人制度維持了它，白人制度縱容了它。」最有名的句子是：「我們國家正在朝向兩個社會：一

個黑一個白——分離且不平等。」

這份報告挑動了主流社會的敏感神經。金恩博士對此十分歡迎，並表示願意將報告的結論當作他未來的主要改革議程。不過，詹森和兩大黨都沒有重視報告的建議。

此時金恩正在籌備一場新的運動：「窮人運動」（Poor People's Campaign），並計畫在春天時在華盛頓舉辦大遊行。就在緊鑼密鼓籌備之際，他在 3 月中前往曼非斯聲援當地清潔工的罷工抗爭。當地的黑人清潔工要求加薪、要求政府承認他們的工會，但此前遊行遭到警察毆打與攻擊。金恩認為，這個抗爭是「窮人運動」的先聲，他一定要去聲援。

在 3 月 28 日的遊行中，有人突然打破玻璃，群眾開始騷亂，警察強力鎮壓，一名十六歲的黑人青年被警察開槍打死，數十人受傷。金恩失望地和助理說：「也許我們要承認，暴力的日子已經在這裡……也許我們該放棄，讓暴力現身。」

4 月 3 日晚上，他在曼非斯演講，他人生最後一場演講。他回顧了十年前在哈林區差點被刺死的經驗，並細數了民權運動這十年的重要抗爭，宛如一場深遠的回望。

「我不知道接下來會發生什麼。我們會面對許多困難，但對我來說那都不重要了，因為我已經來到山的頂峰。像所有人一樣，我也希望能長壽，但那不是我現在關心的事。我只想要跟隨上

帝的意志，而他允許我去山上，而當我往下看，我看到允諾之地。我也許不會和你們一起到達那裡。但我要你們知道，今晚，我們所有人，會到達那個允諾之地。今晚我非常開心，我不擔心任何事，不害怕任何人。我已經見過了上帝來臨時的榮耀之光。」

彷彿他已經預知明日的世界不再屬於他。

第二天傍晚，金恩走到飯店陽台，突然一聲槍響，殺害了他和許許多多人尚未實現的夢。

他才三十九歲。

接下來幾天，全美超過一百個城市出現暴動，至少有四十個人死亡，三千多人受傷，兩萬多人被逮捕。這是美國內戰之後國內最嚴重的騷亂。

在那個 1968 年 4 月之後，更多的暴力與血腥在歷史之牆上留下鮮紅的印記：4 月，哥倫比亞大學學生占領大學被警察痛打鎮壓，是第一個北方大學如此激烈地衝撞；支持民權的總統參選人勞伯甘迺迪（Rober Kennedy）在 6 月被暗殺；8 月在芝加哥民主黨大會場外，民眾和警察血腥衝突；黑豹黨和警方更多衝突與槍戰。更多年輕人相信暴力是必須的，革命是酷的。

白人的憤怒反撲也到了新高峰：在這最激情一年的總統大選，竟然是保守的尼克森當選總統，並從此改變美國政治格局──原來支持民主黨的南方白人轉向共和黨。

如果金恩博士沒死，美國的歷史會不會改變？

這當然沒有人知道答案。但比較可以確定的是，他的反戰主張在那一年正要成爲美國社會的主流聲音，而聲量比他大的激進黑權主義組織如 SNCC 和黑豹黨在兩三年後不是邊緣化就是被政府掃蕩，因此他可能仍然會是最主要的運動領袖，尤其如果他結合民權運動與窮人運動的路線可以持續下去，或許可以更深刻地改變黑人的困境。

只是五十年後的今天，人們是否還是必須高喊，「Black Lives Matter ／黑人的命也是命」呢？歷史沒機會告訴我們。

紐約哥倫比亞大學學生抗議的領導人拉德（Mark Rudd）於一九六八年四月二十五日在洛氏紀念圖書館外接受採訪，該圖書館自四月二十四日起由學生們占領。

占領這所大學！

「我進入大學時，期待看到的是高山上的象牙塔，在這裡，潛心學術的學者在一個需要被拯救的世界中努力探尋真理。然而，我所發現的卻是一個龐大的企業，從房地產、政府研究包案以及學費中牟利，教師只關心他們自己狹隘的研究領域。最糟糕的是，整個體制無可救藥地陷入了這個社會根深柢固的種族主義和軍事主義。」

——馬克拉德（Mark Rudd）

I.

1968 年，世界正在翻轉。

1 月底，越共發動巨大攻勢，攻進美國在西貢的大使館，導致美軍五人死亡。這個被稱爲「新春攻勢」（Tet Offensive）的行動震撼美國人民，因爲一直以來，民眾被政府告知他們是越戰的勝利者。

更多的炸彈投在越南的土地上，要被徵兵的大學生們越來越憤怒。

黑人民權運動在 1966 年之後也日益激進化，「黑權」（Black Power）成爲新的政治語言，黑豹黨成立，主張暴力對抗警察、自我防衛。

1968 年 4 月 6 日，金恩博士在曼非斯被槍殺，全美黑人在各地暴動，硝煙四起。

4 月 12 日，紐約哥倫比亞大校長葛雷森柯克在一場演講上說：「我們的年輕人似乎正在拒絕所有權威形式，躲在一種混亂的虛無主義中，這種虛無主義的唯一目標就是搞破壞。就我所知，在歷史上沒有一刻比起當前的世代鴻溝更爲巨大、更危險。」

這個演講讓「代溝」（generation gap）這個字眼廣爲流傳。校長的結論或許沒有錯，此刻的世代鴻溝確實是前所未有的巨大，但他對青年世代的焦躁與憤怒，卻一無所知。

在 1968 年的上半年，在全美一百所學校中有兩百多起示威與占領，但沒有一場比他演講十天後，在哥倫比亞大學校園發生的占領運動更具象徵性，學生與警察的衝突更血腥。

2.

在哥大之前，除了南方大學的黑人抗爭之外，第一個獲得全國性關注的大學抗爭是 1964 年柏克萊大學的「言論自由運動」（Free Speech Movement）。

那場運動是從秋天開始，為了抗議校方不讓學生在校內擺攤募集參與校外政治運動。學生們展開數月的抗爭，在年底占領了學校大樓，數百人被逮捕，包括前來演唱聲援的民歌之后瓊拜雅（Joan Baez）。

除了整場運動，同樣被銘刻在六〇年代歷史上的還有學生馬力歐薩維歐（Mario Savio）的演講。薩維歐在那年夏天去了南方參與「自由之夏」的民權運動計畫，他被所看到的貧窮與黑人面對的暴力深深刺痛，一回到柏克萊就投入這場言論自由運動。在這場幾乎是六〇年代學運最著名的演講中，他說：

「這所大學如今只是座疏離冷漠的機器……在這個時代，這機器的運作變得極為令人厭惡，讓你深深作嘔，以至於無法參與它的運作。你必須把你的身體置於齒輪之上，拉桿之上，在所有裝

置之上。你必須要向擁有這台機器的人指出，除非你自由，否則這台機器將被阻止繼續運作。」

在超過半年的抗爭後，學生訴求終於獲得校方認可。

1964 年和 1968 年的美國是兩個很不一樣的世界：六〇年代前期人們是抱著改變的希望，不論黑人或白人都仍然相信非暴力的示威手段是有效的，而歷史確實似乎是向前進。但是到了 1968 年，越戰升溫和民權運動的瓶頸讓反抗越來越激進化。血紅的「革命」成為新的政治想像。

例如哥大學生馬克拉德。他是全美學運組織 SDS（「民主社會學生聯盟」）哥大分會的一員，並和若干 SDS 成員在 1968 年 2 月去了古巴一趟——彼時卡斯楚的古巴革命還不到十年，而切格瓦拉被 CIA 殺害才是幾個月前的事。拉德說，在那裡，他「被革命的激情燃燒了」。回到哥大後，決定要用更激烈的方式衝撞體制。

3.

哥倫比亞大學處於曼哈頓北邊一個被稱為「晨邊高地」（Morningside Height）之處，北邊緊鄰著以黑人居民為主的哈林區。在 1968 年之前，哥大不斷買下鄰近建築，擴張其在哈林區的範圍，迫使數千多戶黑人和波多黎各居民搬離。五〇年代後

期，哥大和紐約市政府簽約要在位於學校和哈林區中間的晨邊公園建造體育館，因為沒有要讓哈林區居民使用，引起不小爭議，即使後來協議讓當地居民使用，但哥大因為強調學生安全，且校園正好處於地勢較高之處，所以規畫了學生從上面入口進入，哈林區居民從最低樓層入口進入。這個空間權力關係似乎正是白人霸權與美國種族主義的象徵，依然遭到很大反對。

1968 年 2 月體育館開始動工時，來自哈林區的學生和居民靜坐抗議，但學校沒有理會。

4 月金恩博士過世後，更多校園抗議爆發。學生們批評哥大校方一面紀念金恩博士，另一方面卻持續壓迫哈林區黑人，是可恥的偽善。

柯克校長雖然算是自由派，但完全和時代脫節，徹底不了解學生。他認為越戰和體育館議題，學生都不應該管。當看到金恩博士被刺殺後哈林區的嚴重暴動，他更感到恐懼。

革命青年拉德也看到了哈林區的憤怒，看到人們縱火搶劫，他興奮地認為，這是「黑人權力」新時代的開始。

當時哥大新規定禁止室內示威，拉德為了對抗這個規定，帶領一百多位學生去名為「洛氏紀念圖書館」（Low Library）的行政大樓抗議，要求學校公布他們和「國防事務分析所」（The Institute of Defense Analysis，簡稱 IDA）這個為五角大廈從事戰略研究的

組織的關係。學校當局對帶頭抗議的六名學生進行處分，進行留校察看。

4月22日，拉德發表了一封給校長的公開信回應他在月初發表的代溝論，寫著：

親愛的葛雷森，

你看到了「代溝」，但我看到的是當下的統治者——亦即你，葛雷森柯克，和這些受到你所主導的社會的壓迫者——亦即我們年輕人。你或許會想要知道這個社會出了什麼問題，畢竟你是住在一個自我創造的夢幻世界中……你要求的是秩序和對權威的尊重，我們要求的是正義、自由和社會主義。這也許對你說來是虛無主義，因為這是解放之戰的第一槍。

我要借用你一定很不喜歡的人 LeRoi Jones（非裔詩人）的話，「靠牆站好，混蛋，這是打劫」（Up against the wall, motherfucker, this is a stick-up）。

次日，在這個還帶著涼意的初春，大批學生走向校園中廣場參與拉德和 SDS 發動的示威，抗議學校對他們的處分，抗議學校興建體育館。

日後成為著名小說家的哥大學生保羅奧斯特（Paul Auster）也

去參加了這場抗議。他回憶說：「越戰讓每個人都抓狂。世界正在崩解，你可以感覺到混亂正在統治這一切，沒有人知道我們會往哪裡去。不能阻止戰爭的無力感，讓我在那天走向了抗議現場。」

保守派學生在現場反制，手上標語寫著：「秩序與和平。把拉德送回古巴！」

拉德帶學生去行政大樓抗議卻不得其門而入，衝去體育場預定地又被警方驅離，突然決定占領主要教學大樓漢密爾頓樓（Hamilton Hall），甚至在現場扣留了一位院長。

不過，黑人和白人學生的占領者很快起了矛盾：白人學生希望開放大樓給學生上課，因為學生是他們的後盾，但黑人學生認為哈林區居民才是他們的後盾，因此主張封鎖大樓。黑人學生要求白人學生離開，去占領別處。

原本在六〇年代前期的民權運動經常是黑白人運動者並肩努力，但激進化後的民權組織 SNCC 趕走了所有白人。所以哥大的分裂也不令人意外。

離開的白人學生前往學校行政大樓「洛氏紀念圖書館」，進駐校長室，最終他們占領了五座大樓，每棟大樓都成立自己的罷課委員會。

這些原本上課的場所變成了一座座革命的城邦，或者想像的烏托邦，牆上貼著切格瓦拉、列寧和麥爾坎 X 的海報，牆外掛起大

大的布條：「解放區」。他們終日辯論美國帝國主義性質，拿著吉他唱 Bob Dylan，或者談戀愛與做愛。他們之中有革命派、非暴力派，當然還有好奇與湊熱鬧的。一對情人穿上禮服，在「革命現場」舉行了正式的結婚儀式。一名抗議者坐在校長桌上的一張照片，在保守派眼中成為學生無法無天的象徵。

很多知名人士也都來了：蘇珊桑塔、諾曼梅勒、東村的反文化人士、老學運分子湯姆海頓、黑權派領袖卡麥可（Stokely Carmichael）。這個古老的常春藤校園儼然成為美國革命的臨時中心，連中國的毛澤東主席都發了電報來表示和黑人學生的團結 1 。

三天後，學校宣布停建體育館，也關閉了整座大學。不只哥大，在那個月，似乎整個世界都染上了占領狂熱，不論是日本、英國或義大利。巴黎西邊的南特大學也被學生占領，五月風暴正在來襲，而他們彼此跨海聲援。哥大學生在牆上寫著法國的抗爭口號，而他們也驚喜地在報上看到巴黎青年手上拿著牌子寫：「創造兩個、三個、許多個哥大抗爭！」（Create Two, Three, Many Columbias!）那是切格瓦拉在死前對西方學生呼籲的革命口號：「創造兩個、三個、許多個越南。」

---

1. https://www.vanityfair.com/news/2018/03/the-students-behind-the-1968-columbia-uprising

4.

4月30日凌晨，大批重裝警力在學校要求下進入被占領的大樓，一面痛毆學生一面把學生拖出大樓。之前人們看過類似的畫面是在賽爾瑪或在南方其他地方，而警棍下的人通常是黑人抗議者，但他們從來沒有看過這麼大批白人學生的血濺開來（在四個月後的芝加哥，一切會更嚴重）。

共有七百多名學生被捕，一百多人受傷。

接下來幾週，學生大規模罷課來抗議警察和校方，本來不支持占領的許多學生看到警方暴力，也紛紛走出來，又爆發短暫的占領行動與警方更激烈的清場。

在那個學期，哥大整個停擺了。

5月畢業典禮時，許多學生公開走出典禮表達抗議。

最終學生的訴求是成功的：學校停建了體育館，停止和 IDA 的合作，大部分學生沒有被處罰，柯克校長則在 8 月提出辭職——警方的校園暴力讓他一生背上惡名，事後的調查委員會也認為他對學生回應的冷漠是導致這場學運的主因之一。

不過，帶頭的拉德被退學，而這將改變他的一生。那一年稍晚，他將帶領一群人離開 SDS，組成一個叫做「氣象人」（Weatherman）的團體，以更暴力的行動來反對無法被停止的越戰，在美國的土地上引爆炸彈來刺激麻木的中產階級。（其中一位參與哥大占領

YOU SAY YOU WANT A REVOLUTION.

你說你想要一場革命──Beatles

行動的學生，也在後來參加了「氣象人」，卻在格林威治村公寓中製造炸彈時不幸爆炸身亡。）

對美國大部分白人中產階級來說，這件事的震撼遠遠超過此前黑人的抗爭與被鎮壓，因為這些流血的青年就是他們的小孩，而他們根本不知道到底發生了什麼事。

這場占領在根本意義上挑戰了大學的價值。五〇年代的美國大學強調大學自主，是孤立而超然的經院，但當整個時代正在劇烈的翻攪，當遠方有許多人正在死去、而美國正在內爆時，象牙塔的沉默變成了體制的幫凶，而不再是令人崇尚的美德。更不要說他們是軍國主義的同謀者，是舊時代種族主義的維繫者。在六〇年代後期之後，一場一場的校園占領將徹底改變美國大學的氣氛和學術體制，出現黑人研究、女性研究等科系或課程。

許許多多參與者的生命史也從此不同，不論是繼續投入抗爭的學生如拉德，或者畢業後走入社會的一般學生。而且，就算原本走進抗爭現場的人並非具有強大理念，但他們卻都在運動過程中被改變了。

一名學生在第二年依據自己的故事寫成一本書：《草莓宣言：一個學生革命分子的札記》（*Strawberry Statement*），並在 1970 年被改編成電影 ■ 。書中主角賽門並不是一名熱血激昂的憤青。一如村上春樹《挪威的森林》中的主角渡邊，賽門對學校高掛的激昂標

語原本興趣不大，直到在室友床上看到一名美麗的裸體女孩，這個熱中學運的女孩向賽門說她要去占領建築，所以他也走進了校長室，並被意外分配到食物小組與修理影印機的工作。賽門成為了一名占領者，且最後一晚也和其他數百名抗爭者一起被警察毆打著拖出體育館。他的熱血與激情在熊熊燃燒。

原本只想要追女孩的賽門曾經擔憂自己參與抗爭是否會影響前途，但最後他也說痛恨人們的冷漠，希望他們能夠一起改變些什麼。

保羅奧斯特也是從相對冷淡的青年成為一名意外的抗議者。「我只是一個安靜的書獃子，只想掙扎著成為作家，沉浸在哥大的文學與哲學課程中。」他去參與抗議是因為「我感到一種瘋狂（crazy），對於越南作為一種毒藥在我肺中蔓延的瘋狂，而我想許許多多在那個下午抗議的學生都不是為了抗議興建體育館，而是要去發洩他們的瘋狂、要表達他們的憤怒。因為我們都是哥大學生，所以為何不向哥大丟石塊？」

當他隨著大家衝去體育館預定地時，他不自覺地和身旁群眾一起用力拆除體育館外的籬笆，並且在這些行動中得到滿足。奧斯特自問：「這個本來只想一生獨自坐在房中寫書的安靜男

---

2. 這部電影我在大學時曾看過，塑造了我對於那時代抗議的想像。2014 年香港雨傘革命期間，在作為抗爭現場的立法會門口也特別放映過，那樣的情境更令人感觸。

孩，到底發生了什麼事呢？」

之後，他也成為學校大樓的一名占領者，構成六〇年代反抗青年的面孔之一（或許，他會在午夜的走廊靜靜地讀著詩與小說）。當然，最後一晚，他也被警察拉著頭髮拖出哥大的教室。但是，「我沒後悔，我很驕傲我為這個運動付出了我該做的事。瘋狂且驕傲。」

保羅奧斯特在四十年後回憶道：「我的思想在那個火與血的一年之後，並沒有改變多少。當我現在獨自拿著筆坐在這個房間時，我知道我仍然是瘋狂的，也許比以前更瘋狂。」

一九六八年八月二十五日，當民主黨人聚集在芝加哥舉行全國代表大會時，Yippie 於同時舉辦一場「生命之節」來抗議大會。藍衫軍和戴頭盔的芝加哥警察在格蘭特公園面對一群嬉皮、反戰示威者和一般民眾。

chapter.9

Yippie:
革命最大的錯誤
就是變得
○無聊

問：你住在哪兒？
答：我住在「胡士托國」（Woodstock Nation）。
問：你可以告訴法官和陪審團那是哪兒嗎？
答：「這是一個屬於所有不被社會接受的青年的國度，但這是一種心理狀態（state of mind）……是一個沒有財產或物質的國度，只有理念和價值。」
問：你可以告訴法庭你的年紀嗎？
答：我 33 歲。我是一個六○年代之子。
問：你可以告訴法庭和陪審團你現在的職業嗎？
答：我是一個文化革命分子。

——1969 年 9 月芝加哥大審判法庭上
艾比霍夫曼（Abbie Hoffman）的回答。

I.

「不要相信三十歲以上的人。」

所有人可能都聽過這句話，但卻不知道這句話出自六〇年代的激進青年傑瑞魯賓（Jerry Rubin）。

魯賓在 1964 年初柏克萊大學讀社會學碩士，開始了他在六〇年代無比瘋狂的冒險。

6 月，他和一群青年去了古巴拜訪新的革命政權（同行的還有剛和狄倫分手不久的女友 Suze Roloto），見到了切格瓦拉。切說：「現在世界上最令人興奮的鬥爭就是在北美。」回到學校後，柏克萊言論自由運動正在爆發，成為美國大學校園反抗運動的先聲。

第二年，魯賓在柏克萊成立了「越南日委員會」（Vietnam Day Committee），是美國反戰運動在西岸的重要組織，1966 年黑權運動興起後，他也積極支持加州黑權運動。

那一年，這個西岸抗爭的代表人物被眾議院「非美活動調查委員會」傳喚作證，這個機構是從五〇年代麥卡錫主義時代留下最惡名昭彰的機構。魯賓穿上了一套喬治華盛頓時代的軍裝，代表他是愛國且是傳承美國革命傳統的，現場議員們瞠目結舌，從來沒有人敢在國會聽證會上穿起如此惡搞的服裝。

那兩年也是嬉皮文化在舊金山滿地開花的時期。1967 年 1 月

舊金山舉辦了名為「Human Be-in」的盛大嬉皮聚會，魯賓代表柏克萊的反戰運動上台演講，只是台下的花之子們並不喜歡他的激進政治語言。夏天，他接到來自「全國動員反越戰委員會」（簡稱Mobe）領導人戴林傑（David Dellinger）的邀請，希望他協助策劃將在 10 月舉辦的大型反戰示威活動。魯賓為此搬去紐約，認識了後來和他名字無法分開的重要夥伴：艾比霍夫曼。

他們倆將一起惡搞美國，創造出反抗新文化。

霍夫曼住在紐約的下東區，那是紐約地下文化與反叛政治的中心地帶。他倆相遇後，很快發現彼此的互補性和共通性，霍夫曼說：「我們都意識到融合政治與文化革命的可能性，他的長處是政治判斷，我是讓事件戲劇化。」

身處於嬉皮大本營舊金山的魯賓，早就想結合嬉皮反文化與反戰運動的政治性，但直到遇到霍夫曼，他才能把瘋狂的想像變得真實。魯賓說：「霍夫曼帶來劇場、帶來幽默和火花，我則是提供了運動的目的。」

那個 8 月，霍夫曼第一次成為公眾焦點。他和朋友們去紐約證券交易所，把三百張一元美金鈔票從二樓往下撒，造成現場的巨大混亂。這事件很快被傳開，但因為沒有媒體在現場拍照，各種說法四處流傳，這行動變成一則傳說，一個迷思，他們成為大家眼中的奇怪人物。而這正是他要的。

把現實當劇場、製造混亂、創造迷思，是他們之後所有行動的原型。

這讓剛搬來紐約的魯賓十分震撼：「我從這事件中學到很多，因為艾比太懂得迷思（myth）的角色：只要創造一個小事件就能讓所有人討論、被所有人報導。這個利用大眾媒體的方法實在太聰明了。」

對霍夫曼來說，這是一場街頭的「游擊劇場」（guerrilla theater），他的信念是，「任何革命最大的錯誤就是變得無聊」。

2.

全國動員反越戰委員會計畫在 67 年 10 月的反戰示威遊行，原本目的地是國會山莊前，但是霍夫曼帶著點誇張宣稱，這場殺了這麼多人的越戰是魔鬼所創造的，而這個惡魔當然就是五角大廈，所以他提出要對五角大廈進行驅魔儀式（exorcism），要讓一群嬉皮圍繞著五角大廈，施法讓這棟建築飄起來。

他們原本申請飄起一百呎，但政府單位最後給他們的許可是：不能飄起超過三呎。（那真是一個大家把瘋狂當認真的年代。）

警方也警告，若抗議者開始破壞秩序，他們將會使用辣椒噴霧。霍夫曼則開記者會回應他們發明了一種新藥，一旦噴到身上會進入人體血液，讓人情慾高漲、想瘋狂做愛。所有媒體馬

上開始談論這種新藥（當然有人恐慌有人興奮），包括當紅的電視主持人強尼卡森。（是的，那真是一個大家把瘋狂當認真的年代。畢竟那時代經常有新藥物出來，LSD 也是幾年前才開始流行。）

10 月來了，有十萬人來華盛頓參加這場在林肯紀念碑前的示威，其中數萬人接著遊行到五角大廈參加「驅魔儀式」。新左派、反戰派、紐約嬉皮，無數不滿的青年都來了，許多著名知識分子和作家如諾曼梅勒也都來參加，幾週前才在玻利維亞死亡的切格瓦拉也在遊行中的照片上現身。

在五角大廈前，諾曼梅勒和詩人艾倫金斯堡帶著群眾高喊：「離開吧！魔鬼，離開吧！」其間，紐約地下樂隊 The Fugs 提供了吟誦的伴奏。

他們本來計畫用一架小飛機灑下成千上萬的雛菊作為儀式的一部分，不過，當天應徵開飛機的人沒出現——因為是 FBI 的人去應徵但卻故意不出現，他們只能把雛菊帶去現場發給群眾，也發給士兵。這造就了六〇年代最經典的照片之一：帶著刺刀的槍口上的雛菊。

嬉皮 vs. 軍隊，花的力量 vs. 戰爭機器。

五角大廈當然最終沒有飄起來，多人被逮捕，但這場運動壯大了整個反戰氣氛，這個讓人難忘的街頭劇場更凸顯了越戰的荒謬，讓這場示威成為六〇年代最鮮明的一幕。（也因為諾曼梅勒在第

二年爲這場示威寫下一本經典著作：《夜裡的大軍》。）

不過，反戰運動中的各種矛盾開始日益明顯。彼時已有鴿派和鷹派的分裂，或者所謂「甘地與游擊隊」（Gandhi and Guerrila）的區分：後者不想再只是和平示威，認爲必須採取暴力。

帶著嬉皮色彩的魯賓和霍夫曼則清楚意識到自己與主流反戰派的差異，決心走自己的路。

但所有人對於創造一場大運動來阻止戰爭，似乎更有了信心。那會是在隔年 1968 年 8 月在芝加哥的民主黨大會。

3.

67 年的最後一晚，魯賓、霍夫曼和東村地下文化的幾個傢伙在家中喝酒嗑藥，亂聊要不要創立一個新組織，因爲接下來的 68 年是總統大選年，會是很重要的一年。他們想要大搞一番，而這或許需要一個新名字。接近午夜時，他們都已經很 high 了。根據魯賓自傳，他們的思考邏輯是：

這是一個青年（youth）運動，所以要有 y。

這是一場國際（international）革命，所以要有 i。

這是人們要在生活中充滿意義與樂趣，是一個派對（party），所以要有 p。

合起來就是 Youth International Party（青年國際黨），一個看

起來十分有意義的黨名，他們的夥伴 Paul Krassner 大叫，這就簡稱 YIP-yip，我們是 Yippies!

一個全新的運動就此誕生。

YIP 當然不是一個真正的黨，不是一個正式組織，而只是一個概念、一個讓人搞不清楚的迷思。

魯賓說：「美國的迷思／神話，從喬治華盛頓到超人到泰山到約翰韋恩都死了，因此美國青年必須創造自己的神話／迷思。」他知道，迷思／神話比個人更有力量，例如切格瓦拉、狄倫、黑豹黨，都有超越他們個人的迷思，而「Yippie 的迷思將會推翻這個政府」。

他們號召所有長髮嬉皮們離開他們的家、離開他們的工作，丟掉他們的課本，來加入這場政治與文化革命。這些青年對加入 SDS 的嚴謹組織感到不舒服，可能也不想只是戴著花整天吸大麻，所以是新左派和新品種嬉皮的結合。

他們試圖創造一種「擾亂的劇場」，想要結合大麻與抗議，「要把孩子們帶離體制，要把工人階級的憤怒帶入政治，要讓嬉皮政治化」。

Yippie 既是所有反抗者的名字，也什麼都不是。

關鍵是，「**要有創意，不要只是跟隨既有的模式，要創造自己的行動**」。

1968 年確實是天翻地覆的一年。那年夏天，民主黨將在芝加

哥舉辦全國代表大會，選出總統候選人。因為 68 年初現任總統詹森尚未宣布不連任，大家都以為這個升高越戰的總統會繼續成為民主黨的候選人，所以 Yippie 說那將是一個「死亡的大會」（Convention of Death），而他們想要提出正能量的訊息，所以要在民主黨大會的同時舉辦一場「生命之節」（Festival of Life）。每天規畫了豐富的活動：空手道和自衛術訓練、地下刊物工作坊、搖滾音樂會、詩歌朗誦、梵語頌歌、游泳、做愛，8 月 28 日下午則參加反戰全國行動委員會舉辦的和平遊行。

Yippie 還對媒體放話要採取各種行動來阻撓這次民主黨大會，包括：

假裝成計程車司機去飯店載大會代表，把他們載到城外讓會議開不成；

打扮成越共在路上彷彿美國政客般和民眾握手；

進入飯店在代表們的食物中下毒或放毒品；

在芝加哥的供水系統中加入 LSD，讓整個城市一起開始迷幻旅程。

這一切瘋狂主意都被媒體報導，使得他們不需要買任何廣告就能操控媒體，但媒體搞不清楚他們到底要做什麼，例如《芝加哥論壇報》會出現這樣的標題：「揭露 Yippie 的祕密計畫」──他們可是很樂於被揭露。 **1**

他們甚至計畫帶一隻豬去現場，並提名牠為美國總統候選人。他們說：「民主黨提名了一個總統，而他把人民吃了，我們提名了一個總統，而人民可以把牠吃掉！」

他們公開宣告：

這個 8 月來芝加哥加入我們舉辦的青年音樂和劇場的國際文化祭吧……這是 8 月的最後一週，而「全國死亡黨」會聚在這裡祝賀詹森連任。我們也會在！到時會有五萬人在街上赤裸著跳舞，我們會在公園中做愛，我們會閱讀、唱歌、微笑、印刷報紙，舉行一個模仿他們的大會，慶祝我們這個時代一個自由美國的重生……一切都是免費／自由的……我們追求歡愉的政治（politics of ecstasy）……我們會創造自己的現實……

4.

本來沒有人想要暴力抗爭。

〈休倫港宣言〉起草人湯姆海頓在此時是活躍的反戰運動者，他希望 8 月份在芝加哥的大規模抗議可以徹底暴露出「這個國家的政治鬧劇」。他和另一位組織者戴維斯（Rennie Davis）寫了一份說明指出數百萬人反對越戰，但戰爭依然持續，這代表了美國民主體制的失敗，外交政策只被一小撮人的「國家安全複合體」所決

定，因此他們要透過這場抗爭來表達人民有知道真相和掌握政府的權利，並要舉行人民的代表大會，實踐去中心化和多元化的精神，來對比民主黨的層級和威權。他們主張行動必須是和平與合法的，向芝加哥政府提出申請，但沒有獲得許可。

Yippie 們在整個春天很認真準備 8 月的「生命之節」。他們想像到時大批長髮嬉皮和怪人在公園中享受自由的愛和搖滾樂，這狀態就會迫使政府和警方陷入恐慌，對這個城市採取暴力姿勢。他們並沒有想在街頭搗亂，所以也向芝加哥市政府申請集會許可，但也被拒絕。

不讓抗議團體合法遊行和在公園搭營，注定芝加哥街頭將成為一個血腥戰場。

霍夫曼不斷在媒體嚷著「我們要把芝加哥燒毀殆盡！」「我們要在海灘上瘋狂做愛！」「我們要求狂歡的政治！」

整個芝加哥都驚慌了，他們不知道到底這些傢伙要幹什麼，芝加哥會被如何破壞。

當時的芝加哥市長是個凶狠粗鄙的傢伙。在 4 月金恩博士之死造成暴動時，他就下令，手上拿汽油彈者格殺勿論（shoot to kill），搶劫商店者可以開槍打殘。面對這場風雨欲來的抗爭，

---

1. 霍夫曼在自傳中說，在芝加哥抗議之後，有三家廣告公司想要雇用他們。

他更是部署了重兵，包括警察、國民兵和軍隊，甚至霰彈槍和坦克 ２ 都準備好上街了。

　　就在民主黨大會幾天前的 8 月 20 日午夜，蘇聯軍隊開進捷克，鎮壓布拉格之春，人們在電視上看見了布拉格美麗街道上的坦克車和長槍。霍夫曼在記者會上將芝加哥比喻成「捷加哥」，批判這個城市是另一個警察城市。

　　但他們並不害怕。魯賓說：「美國本來就是個暴力的國家，但其暴力都是對於看不見的人、對有色人種，所以我希望暴力可以在電視的黃金時段被看到！就在你眼前！」

　　海頓說：「芝加哥將是一個警察國家和人民運動的攤牌。」而「民主就在街頭上」。

　　8 月 25 日，民主黨代表大會前一天，Yippie 在公園舉辦「生命之節」。原本預計邀請的樂隊如 Jefferson Airplane 等都因為擔心警察暴力而不出席，最後只有來自底特律的搖滾樂隊 MC5 和抗議民謠歌手 Phil Ochs 參加。當 MC5 這個龐克搖滾先驅用巨大的能量在演出時，警察開始在台下揮著警棍驅趕群眾。

　　夜裡十一點，警方實行宵禁，強力毆打路上群眾，人們在街頭奔逃，血流不斷。

　　這個場景會成為日後每天上演的戲碼，而且警察越來越激烈與暴力。

8 月 28 日是全國代表大會的高潮，民主黨的總統候選人將正式誕生。

一萬多名群眾在下午從公園走到街上，聚集在舉行代表大會的希爾頓飯店外示威，等待他們的是兩萬名軍人和警察。憤怒與恐懼同時包圍著抗議者們。

突然間，催淚瓦斯瀰漫了現場，警察瘋狂似地毆打群眾，甚至包括旁觀者和經過的市民，鮮血穿透了灰白的瓦斯迷霧，群眾在哀嚎中嚎叫著：「全世界都在看！」（The Whole World is Watching!）──這句話成為六〇年代最重要的註腳之一。

警察甚至衝進旅館大廳開始打人。「示威者、記者、麥卡錫競選黨工，所有的人都踉蹌跑出到旅館大廳，鮮血從他們的頭上和臉部噴湧而出」，《紐約時報》在第二天如此報導。

當電視前觀眾看著民主黨剛提名的總統候選人發表演說時，卻同時看到不斷插播的場外流血衝突。被稱為美國最受信任的電視主播 Walter Cronkite 說：「我的天哪，看看他們對這群年輕人做了什麼。」

的確，全世界都看到了，而魯賓的期待實現了。

對運動者來說，這場血染的抗爭是場成功，因為它讓美國人

---

2. 我在照片上看到街上的坦克時簡直不敢相信。

看到瘋狂的警察暴力──政府在年底發布對這場衝突的報告都指出這是「警察暴動」（police riot），讓這場代表大會成爲被歷史記住最血跡斑斑的一次大會。更多年輕人被刺激投入運動，且願意採取更激進的行動。他們相信，這會讓政府意識到延長戰爭必須在國內付出代價。

但另一方面，也有許多人在電視機上看到的是一群長髮嬉皮、一群暴力群眾，在嚴重破壞這個城市的秩序，讓美國的民主蒙羞。並且，如此相信的人數可能更多一些，所以共和黨尼克森以代表「沉默的多數」爲號召，在幾個月後贏得了美國總統（雖然他只獲得 43% 的普選票）。

這是六〇年代青年文化革命的巨大諷刺。

尼克森批評芝加哥這場抗爭說：「這是文明死亡的開始。」

所以，在這場暴動中，你站在哪一邊呢？

在六〇年代的反叛中，你是屬於哪一邊呢？

這是彼時不同世代、不同種族的所有美國人都不能迴避的問題。

一場最終的審判就要開始。

5.

尼克森總統於 69 年 1 月上台。3 月時，湯姆海頓、戴維斯、魯賓、霍夫曼和黑豹黨的席爾（Bobby Seale）、反戰組織領袖戴林傑等八

人被控在芝加哥煽動暴動，被稱為芝加哥八君子（Chicago 8）。
（後來席爾的審判被分開，所以改稱為芝加哥七君子。）

　　這八個人分屬於反戰團體、前 SDS 成員、Yippie、黑豹黨，
和兩位比較不知名的當地學者。政府顯然刻意挑選不同團體的
代表，因為黑豹黨領袖席爾根本沒參與組織這幾天的抗議，只
不過給了一場演講。後來檔案揭露，尼克森政府就是要透過起
訴不同代表性團體來打擊整個反對勢力。

　　不過，這對他們完全不算打擊。魯賓說：「這個起訴把原本在
芝加哥之前沒有團結起來的各種力量全都聚在一起了，因此給
予運動新的能量。芝加哥之戰是一場勝利，即使法庭也不能改
變這個事實。在法庭上，鬥爭仍然必須繼續，所以我們很高興
被起訴。」

　　他們很清楚這場法庭審判可以是最精采的荒謬劇場現場，戲
碼會是一場卡通化的正邪之戰：法官代表了一切腐化的權威，
而他們是正義革命者、是被國家機器壓迫的受害者。霍夫曼在
回憶錄中說：「我們希望影響年輕人，希望顯示我們和起訴者是
不同的人，希望呈現對分裂這個國家的各種議題的剖析……**我
們永遠贏不了和有武器的人的權力鬥爭，我們唯一的武器是想
像力。**」

　　1969 年 9 月這場八君子的審判正式開庭，全國媒體都給予很

大的關注，每天新聞不斷。被告們利用法庭陳述機會痛批尼克森和越戰，在法庭上對法官惡作劇，七十多歲的法官也恰如其分地「扮演」了最老朽保守的「反派」角色。

被告海頓在一開始被介紹起立時，舉起拳頭表示抗議。而當霍夫曼被介紹起立時，他給了法官一個飛吻。

魯賓和霍夫曼一度穿上法官的法袍出庭，讓台上法官臉都氣紅了，命令他們馬上脫掉，但他們裡面穿的是警察的藍白制服。這簡直是《週末夜現場》的喜劇秀。

在席爾生日那天，魯賓帶了蛋糕進來，上面寫了「Free Bobby. Free Huey ❸」。法官說他的庭上不准有食物，讓法警把蛋糕拿走，他們大喊：「這是綁架蛋糕（cake-napping）」，另一人對席爾說：「他們逮捕了你的蛋糕。」席爾回說：「他們逮捕了蛋糕，卻逮捕不了革命。」

席爾曾一度大罵法官是種族主義豬玀、法西斯主義騙子，結果法官下令用毛巾堵住他的嘴巴，且把他綁在椅子上。一個黑人在法庭上被如此對待彷彿是整個美國種族壓迫的譬喻，震撼了許多人，連伍迪艾倫都難以忘記 ❹。

這場歷史性的審判歷經數月，許多六〇年代的重要人物一一出庭作證，包括歌手 Phil Ochs、Judy Collins（他們甚至在法庭上唱歌）、作家諾曼梅勒、艾倫金斯堡、黑人運動領袖傑西傑克森、

LSD 宗師提摩西賴瑞等。整個法庭成爲一座眞正的歷史劇場，六〇年代不同領域的主角們輪番上台獨白、唱歌、搞笑、演講，討論何謂眞理、正義與和平。

於是，法庭上被審判的不只是芝加哥八君子，而是整個六〇年代的激情與反叛，是對美國靈魂的不同想像，並且是如此具有象徵意義地在六〇年代的最後幾個月進行。

這場六〇年代最終的審判在 1970 年 2 月結束，他們一度被定罪，但後來上訴法庭推翻他們的罪刑，只有席爾因另外的罪坐了比較多年的牢。

在審判最後，魯賓對法官說：「你比我們讓更多年輕人激進化。你才是最 YIPPIE 的！」

6.

進入 1970 年，這場鬧劇式的審判結束了，整個狂騷的六〇年代也落幕了，曾經的抗議與反文化似乎將逐漸煙消雲散，只剩下零星的激烈火花在七〇年代初不認命地更猛烈燃燒。

在審判之後，魯賓和霍夫曼成爲超級文化明星，甚至和剛搬

---

3. Huey Newton 是另一位在獄中的黑豹黨領導人。

4. 伍迪艾倫在 1971 年電影《香蕉》中模仿過這一幕，Gramham Nash 則寫了一首歌叫「Chicago」描述這個場景。

到紐約的藍儂與洋子成為好友，也刺激了後者的激進化 ⑤ 。但兩三年後，霍夫曼潛入地下——不是因為他成為放炸彈的政治激進分子，而是他變成一名海洛因毒販，在被捕後逃獄。在地下逃亡期間，他陷入憂鬱，幾度想要自殺。在七〇年代後期，他一度以化名公開出來參與環境運動，直到 1980 年才公開自首。接下來的幾年，他依然是媒體名人、依然參與政治抗議，也依然有嚴重憂鬱症。最後不幸在 1989 年自殺。

魯賓的人生一樣出現激烈的轉變，只是對他來說是喜劇，而非悲劇。他看到六〇年代反文化對於主流文化（尤其是廣告和媒體）的影響，決定去華爾街工作，從六〇年代激進顛覆的 Yippie 轉變為八〇年代中產階級 Yuppie（雅痞）的代表。他在七〇年代中期出版一本書叫《長大》（ Grow Up ），並在八〇年代初和霍夫曼進行名為「Yipppie vs. Yuppie」的公開巡迴辯論（這當然也是一種媒體和商業操作），霍夫曼指控他出賣了理想，但他確實成為人生勝利組。

戴維斯在七〇年代初繼續參加反戰運動後，一度投入印度宗教大師門下，後來成為創投企業家。

席爾在 69 年 5 月因為被控殺人而與其他幾名黑豹人一起入獄，在芝加哥案審判後，這個謀殺案也開始審判，成為全國焦點。他在 72 年被釋放，成為黑豹黨的 icon。

海頓持續參與反戰運動，娶了電影明星珍芳達，在九〇年代擔

任加州地方議員，連任數屆。他一生都堅持青春時的理想，積極參與美國左翼運動，直到 2016 年過世。是一名永不妥協的異議者 6 。

六〇年代在他們每個人身上都留下不同印記，悲傷的，諷刺的，憤怒的，或始終昂揚的。

Yippies 是六〇年代最具想像力的一群青年，他們把現實化為劇場，用幽默和荒誕挑釁了政治，重新定義了抗議文化。

是他們太瘋狂，還是那個時代讓每個人都如此瘋狂？

作家諾曼梅勒在芝加哥大審判時出庭作證說得好：

> 「我可能有點瘋狂，但我是一名作家。這些人也有點瘋狂，但是是這些瘋子告訴你什麼是清醒。去傾聽他們吧，因為真理就在他們的瘋狂中。」

---

5. 見《時代的噪音》，約翰藍儂篇。

6. 2002 年，〈休倫港宣言〉四十週年時，我曾在紐約參加他的分享會，找他簽名。

A NETFLIX ORIGINAL DOCUMENTARY

Joan Didion
The Center
Will Not Hold

文學巨匠迪迪安所訴說的不只是嬉皮文化，而是整個美國道德和文化的混亂，社會規範的崩塌。在姪子葛芬‧唐納執導的私密紀錄片《核心潰散》中，回想自己的職業生涯與個人困境。

chapter. 10

Joan
Didion
The Center
Will Not Hold

非虛構寫作的力量：
三本書 如何改變了
新聞與文學

1968 年發生了很多很多事：暗殺，占領，抗議，死亡，文革，黑權，「白色專輯」（White Album），或者，「想像力奪權」。

世界在那之後不太一樣了。

除了音樂、電影、藝術，新聞寫作和文學領域也在那一年出現新的力量，人們稱之為「新新聞」（New journalism）。

那一年同時有三本書出版，分別是：瓊迪迪安（Joan Didion）的文集《向伯利恆跋涉》（*Slouching Towards Bethlehem*），湯姆伍爾夫（Tom Wolfe）描寫作家肯克西（Ken Kesey）和其夥伴們推廣 LSD 迷幻藥的《刺激的迷幻體驗》（*The Electric Kool-Aid Acid Test*），以及諾曼梅勒（Norman Mailer）描寫五角大廈前反戰遊行的書《夜晚的大軍》（*The Armies of the Night*）。

這三本書都用文學手法進行非虛構寫作的新聞報導，他們不僅挑戰了新聞寫作這門技藝的傳統，也改變了文學的想像。而這三位作者都將成為美國最重要的作家（但他們在中文世界的討論與關注度卻都很低）。

面對一個激烈搖晃的時代，人們需要新的語言、新的形式來捕捉與詮釋時代的不安。

0.

很難說「新新聞」的起源是從何開始，因為以文學手法進行新聞

報導是早有的傳統。

　遠的不說，喬治歐威爾在寫出《1984》前就以文學筆法描繪西班牙內戰以及英國底層人民的故事。

　屬於雜誌界皇冠的《紐約客》（*New Yorker*）雜誌長期有小說詩歌也有新聞報導，其記者如赫希（John Hersey）和 Lilian Ross 等人也善於以小說筆觸進行新聞報導，他們在四五〇年代的作品對後來的新新聞作者影響尤大。1946 年 8 月底，《紐約客》發表赫希的一篇長篇報導，透過六個廣島人的故事敘述與反思原子彈爆炸對這個城市造成什麼樣的災難性悲劇，文章名稱就叫「廣島」（Hiroshima）。《紐約客》以整本刊出此文，雜誌一天內銷售一空，幾個月後出書，至今賣出超過三百萬本。此文被稱為二十世紀雜誌史上最著名的文章。

　另一篇影響深遠的作品是由小說家卡波提（Truman Capote）採訪一樁謀殺案，先是 1965 年在《紐約客》雜誌連載，而後以《冷血》（*In Cold Blood*）之名出版成書。卡波提形容自己的作品是「非虛構的小說」（non-fiction novel）。

　除了《紐約客》，《君子》雜誌從五〇年代末積極培養記者以文學的語言、對細節的描述，來進行特稿的撰寫。1960 年，他們邀請知名小說家諾曼梅勒去採訪民主黨全國代表大會，寫下一篇傳世文章：〈超人來到超市〉（Superman Comes to the

Supermarket）。這篇文章回響巨大，尤其是在新聞界，所有人都在問：我們看到了什麼？

根據梅勒的說法，他對新聞寫作的貢獻就是提供一種十分個人化的報導風格。「我的直覺是，現在新聞的問題就是記者都試圖偽裝是客觀的。」

也是在 1960 年，《君子》雜誌刊登出另一篇文章，其作者也將成為新新聞的代表人物：Gay Talese。他原是《紐約時報》記者，偶爾幫《君子》寫雜誌特稿，幾篇人物報導如音樂人法蘭克辛納屈與棒球選手 Joe DiMaggio，都在史上留名。

其實，美國從五〇年代以來可以說是文化雜誌的黃金時代，到了六〇年代又有各種地下刊物湧現（被視為另類報紙始祖的《村聲》雜誌就是五〇年代誕生，六〇年代大放光彩），再加上 1967年創辦的《滾石》雜誌，和 68 年創辦的《紐約》雜誌（New York）（這本雜誌從作為報紙的週日增刊就是新新聞的重要推手），這些刊物一起創造了一個有別於正統新聞的寫作傳統，並且光彩奪目。

「新新聞」強調的是把作者個人主觀感受置入報導中，而非像傳統新聞強調客觀性。伍爾夫在 1973 年合編了一本書就叫《新新聞》（The New Journalism），集結了這個文類的主要作家，成為新新聞的宣言。伍爾夫個人認為新新聞和傳統新聞報導主要有四個不同：1. 重視場景建構，2. 強調對話，3. 依靠不同主角的個人觀點，很

少全知性的敘述，4.對主角生活細節（尤其是象徵地位的各種符號）的豐富描述。

在實際的方法論上，他主張「浸透式報導」（saturation reporting），亦即記者要長期觀察他的報導對象，「時間要長到當重要事件發生時，你人就在現場」。這和深度報導或調查報導不同，因為後者意指直接訪問各種消息來源，卻不是浸透。

伍爾夫更將新新聞主義的非虛構寫作對立於當時的虛構性文學。他認為他們這批人的精神近似成十八和十九世紀的文學巨擘如狄更斯、左拉、巴爾札克，都是以寫實主義的方式描述他們所處的社會，但他們六○年代的文學作者卻都太向內看，與社會不相干。因此「新新聞」得以成為這個時代最主要的文學想像。「當小說家揚棄社會寫實主義時，他們也失去了寫作技巧的某些關鍵技藝。」

「新新聞主義記者從未幻想他們幫雜誌或報紙寫的文章可以進入文學世界、製造混亂，挑戰小說作為文學界最高皇冠的榮耀……」但他們卻做到了。

他深信：「沒有什麼比現實更能激發想像。」當然，這個現實在 1968 年尤其劇烈。

I. 瓊迪迪安（Joan Didion）

「事物正在崩解，中心不能維持。」

三十出頭的記者迪迪安在一篇文章中先引用了一段葉慈（W.B. Yeats）的詩句。

接著，她描述了一個到處都有破產告示、報紙上經常出現隨機殺人的國度：「青少年從一個城市漂流到另一個城市，蛻下他們的過去和未來一如蛇的蛻皮……人們在失蹤。小孩在失蹤。父母在失蹤……」

這不是一個正在革命的國家，而是 1967 年的美國。

1967 年的春夏之交，迪迪安和一名攝影記者來到舊金山的海特－艾希伯里區（Haight-Ashbury），這裡是嬉皮文化的小王國，許多年輕人從各地頭戴著花朵來到這裡，追求愛與解放，還有迷幻藥。但一個理想烏托邦正轉向崩壞。

那是迪迪安進入雜誌記者工作的第十一個年頭，她出過一本沒有太大回響的小說，在媒體寫的深度特稿卻受到不少注目。

她在這個嬉皮之地看到世界的傾斜，遇見了很多流浪的靈魂，寫下了這篇文章〈向伯利恆跋涉〉（Slouching Towards Bethlehem）。

這些文字所訴說的不只是嬉皮文化，而是整個美國道德和文化的混亂，社會規範的崩塌。在文章最後，迪迪安寫她遇到一個五

歲女孩蘇珊，她的母親正在讓這小女孩用 LSD。對她來說，這
說明了當時這裡的一切。

這篇文章引起很大討論，不是因其所描寫的主題（這已有很多
人報導），而是她所書寫的方式：迪迪安融入了那個場景，讓人
感到她可能隨時被那個斑斕迷幻的萬花筒吸入，成為另一個漂
流靈魂。

迪迪安有多融入呢？

1968 年夏天，在一陣暈眩和噁心之後，她去醫院做檢查。「現
在看起來，那個突如其來的暈眩和噁心，對於 1968 年夏天並非
是不恰當的反應。」她在後來寫道。

難怪她可以寫出一整個時代的情緒。

那一年她結集其他報導文章出書，書名就叫《向伯利恆跋
涉》。《紐約時報》評論說：「迪迪安的第一本非虛構寫作文集
呈現了這幾年美國最好的一些雜誌文章。既然楚門卡波提說這
種文類已經是一種『藝術』，也許這本書不應該被認為『僅僅是
新聞報導』，而是今日美國最好的散文的展現。」

「我們跟自己說故事，以不斷活下去。」這是迪迪安最著名的
話之一。

2. 湯姆伍爾夫（Tom Wolfe）

在 2018 年 5 月過世的伍爾夫是戰後美國最重要的作家之一，且很少人像他一樣對英文的語言有重要的貢獻：牛津英語詞典中至少有一百五十個例句來自他的文章。

出生與成長在加州的迪迪安是於五〇年代末期來到紐約開始媒體生涯，來自南方的湯姆伍爾夫則在六〇年代初來到紐約，為《紐約論壇報》週日增刊「紐約」版和另一本雜誌《君子》寫長篇特稿——這兩個媒體在六〇年代都是新新聞寫作的最主要基地。同時，他也開始樹立一個經典形象：三件式白色西裝。他一年四季每天都以同樣形象出現，年復一年，終生如此。

在短短幾年內，他獨特的語言如古怪的句型、好用擬聲字、非典型的標點符號，大量使用驚嘆號，加上深具穿透力的觀察，很快成為一名明星記者。

1965 年，他發表一篇報導諷刺當時已是文學界最重要刊物的《紐約客》，批評其編輯是「小木乃伊」（Tiny Mummies），震撼文壇與新聞界，引起許多反彈，包括向來低調的沙林傑（《麥田捕手》作者）都寫信回應。也在這一年，伍爾夫結集文章出版第一本書，頗受重視。

但伍爾夫不滿足於只是寫雜誌文章，想要真正撰寫一本書，證明自己是個偉大作家。

在六○年代初出版小說《飛越杜鵑窩》而一夕成名的肯克西在 1963 年組成一個團體「快樂的惡作劇者」（Merry Pranksters），將一輛舊的校車塗滿絢麗色彩，四處巡迴推廣藥物帶來的迷幻體驗，可說是六○年代中期後嬉皮文化和藥物文化的先驅。伍爾夫找到他的故事主角了，因為他在他們身上看到一個通往新文化的大門。於是，他穿著白色西裝，跟著他們四處遊走，捕捉他們在藥物體驗後所經歷的奇異旅程。

1968 年，他正式出版這本書《刺激的迷幻體驗》（*The Electric Kool-Aid Acid Test*），至今都被視為關於六○年代嬉皮文化起源最好的描述，不論是虛構或非虛構。

英國搖滾樂隊 Pulp 主唱 Jarvis Cocker 在本書的 2018 新版序中寫道，當他在少年時閱讀這本寫藥物體驗的書時，這裡的故事就像迷幻藥一樣讓他能用全新方式看待世界。尤其，在這裡可以看到兩個奇妙心靈的相遇：「這個故事是關於那個時代最好的作家如何尋找新的表現方式、新的生活形式，並且由當時最具突破性與實驗性的記者來寫出。克西與伍爾夫：夢幻組合！」

在 68 年之後，伍爾夫持續寫下一篇篇影響深遠的報導，不論是雜誌或書，且都捕捉到複雜的時代精神。八○年代之後，他轉向小說，但也結合了深度的報導。

伍爾夫主張寫作的核心在於「材料」（material）。他說一個作

家有兩個選擇：使用他手邊的材料，或者去發現更多材料，畢竟太少人有足夠精采的生命，可以只靠個人生活經驗去寫小說。他認為，文學在二十世紀中期迷失了方向是因為作家們認為可以靠95%的才華和5%的材料來寫作。但真正的適當比例是：65%的材料和35%的才華。

在1991年的《巴黎評論》中，伍爾夫說這世界本來就充滿著故事：「我像是小村莊中一個情報搜集者，或者一個從火星來想要了解地球的人。幸運的是，這個世界有太多人想要告訴你他們的故事，那些你所不知道的事。」

3. 諾曼梅勒（Norman Mailer）

相對於迪迪安和伍爾夫兩人都在六○年代成名，比他們大一代的諾曼梅勒在1948年就以小說《裸者和亡者》（*The Naked and the Dead*）聲名大噪，接下來二十年也寫雜文和評論文章，雖然評價高低不一，但一直是文壇明星。

1960年，《君子》雜誌給了他一個特別任務，去報導民主黨全國代表大會：在那場大會上，民主黨將選出年輕帥氣的參議員甘迺迪競選總統。兼具小說能力與政治評論的梅勒寫下獨特的觀察視角，看到甘迺迪代表一個新時代的出現。這篇文章有個有趣標題：「超人來到超市」。

　　梅勒一直想成為一個偉大的小說家,但是卻再沒能寫出如成
名作《裸者和亡者》那樣成功的作品。1967年,他出版小說《我
們為何在越南?》,評價仍然不佳。幾個月後,他被朋友找去華
盛頓參加一場反戰大遊行,一場號稱和之前都不同的遊行:抗
爭者們要直衝五角大廈,讓整個軍事機器無法運作。

　　遊行來了二十五萬人參加,他們甚至對五角大廈施法驅魔,
但並不能讓五角大廈的運作崩塌,多人被逮捕,包括梅勒。

　　回到紐約後,梅勒把這場遊行的過程和對整個反戰運動的剖
析,在兩個月內寫成一篇九萬字長文,於1968年3月的《哈潑》
(Harper's)雜誌以整本刊出,反應熱烈。幾個月後,這篇文章加
上另一篇文章〈五角大廈之役〉合為一本專書:《夜晚的大軍:
歷史作為小說/小說作為歷史》(The Armies of the Night: History as a
Novel / The Novel as History)。這個書名直接指出了虛構的小說和非
虛構的歷史的關係,而這確實是一本很特別的書。

　　梅勒在一開始時不知如何下筆,因為他需要更了解整個反文
化運動的狀態、人際關係和運作方式,於是他和也是運動圈內
人的助理進行了不少訪談。但他要如何以一個參與者的角色來
提供運動的全貌呢?他想到一個獨特的敘事方式是,用第三人
稱來描寫自己:小說家梅勒。如此他既可以全觀性的角度來討
論運動,也可以刻畫主角的內心——這個主角在書中既具有英

雄性格，也帶有喜劇色彩，他的怯懦與嫉妒都被辛辣地表現出來。該書主要是描述當日五角大廈的遊行，並剖析不同的參與群體：知識分子、學生、激進派與溫和派，以及世代之間的衝突。這些之外，他更寫下整個美國的徬徨與恐懼，呈現了反戰世代的憤怒與焦慮。

其他的新新聞作者雖然有主觀視角，但還沒有把自己當敘事的重心，梅勒卻是豪不遮掩地以自己為歷史的主角。這讀起來完全是一本小說，但卻是真實發生的歷史。

《夜晚的大軍》獲得美國國家圖書獎和非虛構類普立茲獎。《紐約時報》書評作者 Alfred Kazin 盛讚此書，並說：「梅勒在這本書的直覺是這個時代需要一種新的形式來書寫。而他找到了。」

4.

伍爾夫在生命中的最後幾年接受《滾石》雜誌採訪時這麼說，「二十世紀最重要的文學革命就是新新聞主義」。這或許是過於誇張了。然而，不能否認的是，在 1960 年代中期，當搖滾歌手們推翻了音樂歌詞的桎梏，這群作家則顛覆了傳統新聞報導的陳腔濫調，發動了一場洶湧的文字改變。

「新新聞」或許並不真的新，且這些作家和記者之所被歸類為「新新聞」，並不只是因為他們都結合文學與報導的這個共通性，而是

在於他們能打破平庸，建立起屬於自己、無可取代的聲音。

這是一場必然的革命。因為面對那個時代社會、文化與思想無可抵禦的巨變，必須要有新的文字想像，才能走進風暴的中心，抵達那無人之境。

chapter.11

在世界變得
過於◯喧譁之

"WICKEDLY ENTERTAINING."
– KYLE SMITH, NEW YORK POST

"MODERN TV NEWS STARTS HERE."
– DAVID FEAR, ROLLING STONE

"RIVETING."
– BILGE EBIRI, NEW YORK MAGAZINE

FROM ACADEMY AWARD-WINNING DIRECTOR MORGAN NEVILLE
AND GRAMMY AWARD-WINNING DIRECTOR ROBERT GORDON

BUCKLEY VS. VIDAL.
2 MEN.
10 DEBATES.
TELEVISION WOULD NEVER BE THE SAME.

BEST OF ENEMIES

Netflix 製作了一部維達爾和巴克利兩人在一九六八年電視辯論的紀錄片∴ Best of Enemies。

MAGNOLIA PICTURES and PARTICIPANT MEDIA present a production of
MOTTO PICTURES and TREMOLO and MEDIA RANCH production "BEST OF ENEMIES" produced by CARYN CAPOTOSTO
music by JONATHAN KIRKSCEY editors AARON WICKENDEN and EILEEN MEYER
written and directed by MORGAN NEVILLE and ROBERT GORDON

sundance

I.

那是美國電視史上最精采而有趣的政治辯論,並完全反映了六
〇年代的衝突與焦慮。

1968 年是美國最動盪狂亂的一年。越戰越來越血腥,金恩博士
和參議員勞伯甘迺迪(Robert Kennedy)先後被暗殺,學生占領哥
倫比亞大學……

憤怒、哀傷與迷惘,從美國歷史的黑暗之處猛烈襲來。

那一年也是美國總統大選年,共和黨在邁阿密召開全國代表大
會,民主黨在芝加哥召開全國大會,人們都在關注誰會是兩黨的
總統候選人。美國三大電視網中收視率最差的 ABC 電視台想到
一個奇招,請兩位著名作家在電視上辯論:巴克利(William F.
Buckley Jr.)和維達爾(Gore Vidal)。

巴克利和維達爾這兩人分別是保守派和自由派的重要代表人物
——而且,他們極度厭惡彼此。

ABC 的媒體新聞稿如此說:「巴克利和維達爾將用他們特有的
風格『討論』全國代表大會的人物和議題。做為當前政治最尖銳的
觀察者,保守派的巴克利和敢言的自由派維達爾想必會有很多不
同意見。」

巴克利曾出書批評耶魯等菁英學校太左傾,捍衛獵巫左翼分子
的參議員麥卡錫。1955 年他創立保守派刊物《國家評論》(*National*

Review），其內涵綜合了保守主義的三大支流：經濟上的自由放任主義、傳統主義和反共產主義，開啟了當代新保守主義運動。

維達爾在 1946 年出版第一本書，1948 年的小說《城市和支柱》（*The City and the Pillar*）則讓他大紅也很爭議——因為主角是一名男同性戀且書中有同性性關係的描寫。此後他寫小說、寫歷史、寫政論，是暢銷書作者，作品也被改編成電影。他毫不掩飾對同性戀的支持，雖然並未正式出櫃。維達爾的箴言是：「永遠不要拒絕有發生性關係或上電視的機會。」

這兩個人都具有知識分子稀有的明星光環：他們都上過《時代》雜誌封面，都經常上電視節目（巴克利從 1966 年開始主持自己的節目《*Firing Lines*》❶，經常邀請不同立場的人如喬姆斯基、諾曼梅勒與他辯論），甚至都參選過公職（巴克利選過紐約市長，維達爾選過紐約議員，但都沒當選）。他們瀟灑自戀，能寫能辯又風趣，極有個人魅力，且都有強大的身世背景和社會關係：巴克利出身富有家庭，和尼克森與雷根都是好友，維達爾的祖父是參議員，他個人與甘迺迪總統、艾蓮諾羅斯福都是好友。

有人說，巴克利是「他那時代最好的辯論者」，維達爾是「他

---

1. 1968 年他還訪問了傑克凱魯亞克談嬉皮，不過凱魯亞克雖然啟發了反文化，卻是一個保守派。

那時代最好的演說者」。

在六〇年代，民權運動、反戰運動、反文化、嬉皮、性解放，正在定義一個新美國，一切舊的秩序與規範都在崩解。維達爾積極擁抱並且支持這些改變，巴克利則是反對甚至痛恨這些改變。就在 1968 年初，維達爾出版了一本性幻想的小說《*Myra Breckinridge*》（在兩年後改編成電影），巴克利嚴厲批評形容這本小說是變態色情。

兩人第一次針鋒相對是 1961 年各自在美聯社的專欄上。1962 年，維達爾在電視節目上批評巴克利和《國家評論》，巴克利本來傳訊息給節目主持人：「請告訴維達爾不論是我或我家人都不想接受一個粉紅酷兒的道德教訓。」但他進而要求上電視反駁。在節目上，他將保守派觀點講得清晰有理，改變之前許多人對保守派組織如約翰伯奇學會（John Birch Society）的負面印象。這是巴克利第一次上電視節目，他馬上就知道如何掌握這個大眾媒體。

兩年後，他們在電視上同台評論共和黨全國代表大會，當然氣氛很不好。

當 1968 年 ABC 電視台問巴克利有沒有哪個人是他不願同台辯論的，他只說了一人：維達爾。但維達爾在後來也說是他先被邀請，並表示不願意和巴克利同台，只是因為不願意讓巴克利掌握機會傳播理念，才不得不去辯駁他。

最終他們願意一起舉行十場電視辯論會，各自的費用是一萬美元（約莫今日的七萬美元）。

2.

紀錄片《最好的敵人》（*Best of Enemies*, 2015）回顧了這系列辯論為主題，影片不僅重現當年辯論片段，也討論當時的歷史脈絡及對後來電視文化的影響。

在這十場電視辯論中，兩人在越戰、種族主義、美國在世界政治的角色、貧窮問題、法律與秩序、對異議的容忍，以及如何看待性解放的問題，全都針鋒相對，呈現了六〇年代巨大對立的兩種世界觀，他們的言語犀利、博學、機智、具有思想性，又毫不留情的嘲諷彼此，精采而迷人。

不過，一開始他們雖然保持著幽默與節制，但越來越從對政治的討論轉為對個人的攻擊：他們都把對方視為會把這個國家帶向沉淪之路的體現。觀眾作為圍觀者也越來越嗜血，渴望更刺激、更衝突性的內容。

最後一場辯論出現了最激烈的攻訐。那一天正是美國六〇年代與政治歷史上最讓人難忘的時刻之一：在芝加哥的民主黨代表大會場外，群眾和警察爆發激烈的暴力衝突，抗議者被警察打到血流滿地、哀號遍野。

維達爾和好萊塢明星好友保羅紐曼與知名劇作家亞瑟米勒也走進街頭的催淚瓦斯煙霧中。

在當天稍晚的辯論中，電視不斷播出警察毆打學生的畫面。

巴克利當然對這些搗亂的傢伙深惡痛絕，批評那些抗議傢伙拿著胡志明的標語。「昨晚我住在十四樓，整晚我聽到幾千人的聲音用骯髒的話罵美國總統，但十七個小時下來，警察沒傷害任何一個人。」這是明顯的謊言。

維達爾說這些抗議者來這裡只是想進行和平的示威，但這個國家的警察暴力卻讓我們彷彿活在蘇俄政權下。

這時主持人問：「維達爾先生，抗議者在公園中舉起越共的旗子是不是一種挑釁的行為？就好像在二戰期間舉起納粹旗子？」

維達爾回說：「你要了解背後的政治議題。有些美國人認為美國在越南的政策是錯的，而越共想要建立起自己的國家是對的。這也是在西歐和其他許多國家的立場。如果這在芝加哥是一個新奇的主意，那就太悲傷了，但我想這就是美國民主的意義。」

巴克利突然打斷說，這裡有些人是支持納粹的。

維達爾說，就我所知，唯一支持納粹的只有你。

聽到這話，巴克利失去一貫的冷靜——他在自己的節目經常與立場不同的人如喬姆斯基、諾曼梅勒辯論，但都維持風趣機智——激動地回擊：「聽著，你這酷兒（queer），不要再叫我祕密納

粹，我會把你他媽的臉打扁。」

這段話讓整個電視前觀眾都驚了，「酷兒」這字眼當時還是很歧視性的惡毒詞彙，巴克利回到自己的化妝室後，十分沮喪。那一刻，他覺得自己輸掉了辯論。

3.

這個電視辯論的概念在當時仍屬新鮮，尤其是這兩人並非新聞工作者或政治學者，一開始其他媒體都取笑這個奇怪的主意。但這十場辯論吸引了全國注目，尤其最後這場粗暴的爭吵撼動了整個美國——雖然那一年最不缺的就是震撼，但從來沒人在現場電視節目看過如此血淋淋的爭執。十年後的《紐約》雜誌稱這個事件和披頭四上蘇利文秀、人類登陸月球，並列為電視史上最重要的時刻之一。

他們的爭執當然沒有在 1968 年結束。《君子》雜誌在次年刊出他們繼續批評彼此的文章，其言論之激烈導致兩人互相控告對方誹謗。

在那篇批評對手的文章上，維達爾還寫道：「我們都是雙性戀……同性戀是人類境況的不變事實，而不是疾病、不是罪惡、不是罪犯，雖然總是有人要把它和這三者聯結起來。同性戀和異性戀一樣自然。」

也就是在那個 1969 年，紐約發生石牆暴動，成為同志平權運動的起點。

此後，維達爾持續創作小說、劇本、政治與文化評論，尤其是一系列歷史小說更具有廣大影響，是美國最重要的作家與公共知識分子之一。巴克利持續擔任《國家評論》總編輯一直到 1990 年，在尼克森任內曾擔任駐聯合國代表，幫助雷根當選總統，一直都是保守主義的巨人。

在 2000 年 11 月的保守派《國家評論》雜誌，最後一頁竟然出現了維達爾的照片，那是 Absolut vodka 的廣告，攝影師是著名的 Annie Leibovitz。再過幾年，當巴克利在 2008 年過世時，維達爾寫下一篇惡毒的訃聞，並且說，「安息吧──在地獄」。

《君子》雜誌的傳奇主編 Harold Hayes 曾說，巴克利和維達爾的辯論可以說總結了六○年代的焦慮：「這兩個最聰明卻又最對立的人所呈現出的酸苦、極端、野心和沮喪，充分代表了美國的集體混亂。」

確實，唯有那樣一個瘋狂而激情的時代，才能產生這兩個如此迷人的人物。他們的辯論開啟了美國大眾媒體的全新時代：因為這十場辯論為 ABC 電視台帶來很高的收視率，其他電視台開始模仿這形式，邀請不同立場的「名嘴」來辯論。然而，那些人的聲音越來越激昂，內容越來越空洞。知識與思想的論辯淪為不同黨派

的立場鬥爭、言論的摔角大賽，或者名嘴們的譁眾取寵。

2004 年，美國著名的政治新聞諷刺節目主持人強史都華（Jon Stewart）在 CNN 的談話性節目《交火》（*Crossfire*）上公開指責兩個主持人只是以黨派立場煽動觀眾情緒，純屬作秀。他對他們大聲說：「請停止再傷害美國。」第二年，CNN 停掉了這個節目。

如今我們更來到一個社交媒體的新時代，所有的討論都更為碎片化，人們也更在「過濾泡泡」中打轉，更不要說後真相和假新聞扭曲了主要的資訊來源。

於是，公共領域充斥著太多喧譁而虛無的雜音，而越來越難聽見思想的回聲。

見証——地下氣象人的

想像即革命 ● 暴力非歌

CHICAGO POLICE DEPARTMENT

VOLUME 11, NU
9 April 1
SUPPLEMENT

DAILY BULLE

CONFIDENTIAL.- FOR POLICE USE ONLY

JAMES

WANTED BY LOCAL AND FEDERAL AUTHO

The subjects shown here are wanted by the Chicago Police Department
Sheriff's Police for failing to appear in court on charges of Aggravated Batt
and Mob Action. Twelve of these subjects are wanted by the F.B.I. for c
incite riot. These charges stem from demonstrations on 24 Sept. 1969 and on

The subjects are active members of the militant Weatherman faction
Democratic Society - SDS. Recently members of the Weatherman have purc
weapons. The subjects should be considered dangerous.

Any information regarding these subjects should be forwarded to the
Intelligence Division- PAX 0-252.

Warrants are on file at Cook County Sheriff Warrant Section, Bell - 321-6

Cathy Wilkerson-I.R. 213555
5-4, 100 lbs. slender build.
Fed. Wt. No. 69-3808. Wanted
for Bond Forf., Agg. Battery
Mob Action.

Bernardine Dohrn - I.R. 246-
022. F/W, 28, 5-5, 120 lbs.
Med. Bld. Fed. Wt. 69-3080 &
69-3358. Wanted for Bond
Forf. Agg. Batt. Mob Action.

Michael Spiegel - I.R. 24651
M/W, 23, 6, 175. Med. Bulld
Fed. Wt. 69-3358. Wanted fo
Bond Forf. Agg. Battery
Mob Action.

chapter.12

一九七〇年四月九日，芝加哥警察局每日公報的頭版為SDS的八名成員。

NTENDENT

214392
ed bld.
59-3808.
rf. Agg.
on.

他們過於理想，理想到可以為了理念犧牲一切舒適，他們過於年輕，年輕到還沒看過人生的許多風景，但他們卻過早就死亡，死亡於自己製造的炸彈。

1970 年 3 月，在靜謐的紐約格林威治村，一棟四層樓美麗公寓突然爆炸，濃煙蔓延，住在隔壁的年輕演員達斯汀霍夫曼慌張地跑到街上。

三人在爆炸中死亡：他們是屬於美國激進抗議組織「氣象人」（Weatherman）成員。原本，這些炸彈是他們要拿去攻擊美軍基地，卻在製造過程中意外引爆。

在追求革命之前，他們和夥伴們每天在電視上和報紙上看著無辜越南兒童和婦女殘缺屍體的照片，他們試過各種遊行、占領、街頭騷亂，但無論怎樣也無法阻止這場恐怖戰爭。他們太憤怒也太絕望了，因此決心成為美國的切格瓦拉，在美國的土地上發動戰爭，讓人們不能再對美國政府對越南的屠殺繼續麻木。

只是革命還沒真正開始，卻先葬送了三個青春的生命。這場爆炸把六〇年代的學運帶向了黯淡的尾聲，讓理想主義的熱血變成一部感傷的悲劇……

I.

1960 年成立的 SDS（民主社會學生聯盟）在 1962 年提出〈休倫港宣言〉，定義了一個新左派世代。隨著越戰升高，他們聲勢更加浩大，成為主要的反戰團體。

到了 1966 年底，有人提出新口號「從抗議到抵抗」（From Protest to Resist），開始意識到傳統的示威遊行似乎無效，必須用更激烈的手段、用直接行動來抵抗體制的運轉。1968 年紐約哥倫比亞大學的占領行動成為「抵抗」的重要範例。

黑人運動的方向也是在那兩年改變。「黑人權力」（Black Power）概念被提出，揚棄以往非暴力策略和黑白融合路線，要建立黑人自己的權力。黑權領導人更高聲主張暴力：全美最重要的黑人青年民權組織 SNCC 主席 H. Rap Brown 在演講中激昂地說：「你最好要有槍……我知道誰是我的敵人，我知道如何殺掉他們……。」

此外，黑豹黨的持槍軍裝造型、無懼地和警察的衝突，成為街頭上最鮮明的「黑權」形象。1967 年 10 月，黑豹黨創始人之

一修伊紐頓（Huey Newton）在路上因為被警察攔下而發生槍戰，一名警察死亡，修伊被逮捕，「釋放修伊」（Free Huey!）成為黑豹黨的重要抗議口號。接下來主導黑豹黨的 Eldridge Cleaver 更公開主張要幹掉警察，警方也不斷襲擊他們的辦公室和幾位領導者的家。1968 年 4 月金恩博士被暗殺構成最後一根稻草，越來越多黑人抗爭者相信要用黑色暴力來反制白人暴力。

對 SDS 的激進派來說，當這些受壓迫的黑人弟兄走在前方，他們必須跟進，暴力與革命成為必然的思考。

而且，眼前的現實讓他們太痛苦：「戰爭完全沒有盡頭：每週在越南有六千人被殺，而且不會中止。政治階級對於人民的反對完全沒有回應。我們試過一切舉動，但都沒有用。」在芝加哥的 Bill Ayers 說。

更何況，1968 年確實是屬於「革命」的。巴黎、柏林、墨西哥與日本的青年們正在用石塊推翻高牆，第三世界的被殖民者正起身戰鬥，中國的紅衛兵在打倒舊封建體制。革命不在他方，應該就在家鄉。連約翰藍儂都在那年寫下一首叫〈革命〉的歌曲。

在美國國內，和平改革者金恩和甘迺迪先後被刺殺，意味著體制內的改革無法繼續，從紐約哥倫比亞大學到芝加哥，青年在暴動抗爭，警察在暴力打人，黑人貧民區在燃燒，整個世界彷彿就要崩塌。

世界的改變就在眼前，問題只在於你要不要加入這場革命。

藍儂說，請別把我算進去。■1，然而越來越多人卻決心在這個 68 年成為真正的「革命者」。

2.

六〇年代最後幾年的美國彷彿一個黑暗戰場。

零星的炸彈爆炸案不斷出現，尤其是針對校園中的募兵機構；地下另類報紙開始教導人們如何做汽油彈，連著名的思想性刊物《紐約書評》都在封面畫了一幅插圖關於如何做莫洛托夫雞尾酒燃燒彈。據估計，69 年與 70 年有上千起的炸彈攻擊、上萬起的類似威脅。

1969 年 6 月，SDS 在芝加哥舉行全國代表大會，有兩派試圖爭奪主導權。一派是「革命青年運動派」（Revolutionary Youth Movement，簡稱 RYM），另一派是正統馬克思主義教條的「進步勞工派」（Progressive Labor）。這兩派都喊革命，但進步勞工派把革命主體放在勞工身上，革命青年運動派則強調所有受壓迫者都是主體，尤其是黑人。他們的生活方式更有很大差異：革命青年派過著嬉皮式的生活、用藥、主張自由性愛。

---

1. 請見《時代的噪音》。

革命青年派中的部分人在大會前提出一份報告，有十多人連署，包括哥大占領運動的明星拉德（Mark Rudd）、艾爾、女性領導人多恩（Bernadine Dohrn）等，名稱叫做「你不需要一個氣象員告訴你風向往哪吹」（You Don't Need A Weatherman To Know Which Way The Wind Blows）──這是 Bob Dylan 歌曲〈地下鄉愁藍調〉中的一句歌詞，取這名稱是爲了反諷「進步勞工派」的教條主義，因爲理解現實不需要憑藉古老的馬列教條。

這份報告被稱爲「氣象人報告」（The Weatherman Paper），他們從此被稱爲「氣象人」（Weatherman）。

在報告中，他們主張美國革命必須和國際反帝國主義的革命連結起來，呼籲在美國街頭進行暴力游擊戰，要向黑豹黨學習並與他們一起發動革命。

最後，氣象人派奪得了 SDS 的主導權，雖然彼時沒人知道，這其實是 SDS 終結的開始──而且是迅速的瓦解。

氣象人領導群想把 SDS 改造成一個徹底的革命團體，將五百人左右的幹部轉變成爲一個游擊隊，這包括：強迫情侶分開（因爲除了組織外，不能有其他任何有意義的情感連結）、要求大家自由性愛和雜交（因爲「能一起做愛就能一起作戰」），要求大家進行彼此批鬥與自我批判（這當然是從中共那學來）。一切的目的是要「讓自己變成革命的工具」。他們甚至派代表團前往古巴會見越共

代表，學習革命經驗。

他們也決定在 10 月發動一場示範性的街頭戰爭叫「全國行動」（National Action），又稱爲「憤怒之日」（Days of Rage）。這個日期 10 月 8 日是切格瓦拉的一週年忌日（切的死亡是他們不能忘卻的仇恨），也正好是芝加哥八君子的審判日。目的是在芝加哥街頭製造巨大騷亂，讓麻木的美國人感受到戰爭的灼熱，行動的口號是「把戰爭帶回家」。

整個夏天，氣象人幹部前往四處宣傳，也以各種小規模破壞性抗爭吸收更多憤怒青年加入。傳單上寫著：

全世界的路障都被豎立起來了
你不是站在那邊就是這邊
想要自由的人都會在同一邊
全世界的豬玀都會在另一邊
把戰爭帶回家！

不過，這場行動沒有獲得當時最大的全國反戰組織 Mobe 的支持，連黑豹黨也反對，但在氣象人內部，任何質疑的聲音都被視爲是軟弱。

在「憤怒之日」前日，他們在芝加哥炸掉一個警察銅像，做爲

一種挑釁，畢竟去年夏天才在這個城市發生大規模流血街頭衝突。一個警察主管說，這次不是你死就是我亡。

10月8日行動傍晚，幾名氣象人領導人在芝加哥林肯公園集合，等待成千上萬的抗爭者，但等了又等，卻只有幾百人現身，且都是親氣象人的成員，大部分 SDS 分部的人都沒有來，警察卻有兩千人嚴陣以待。他們只能尷尬地開始計畫已久的街頭游擊戰，打破路邊車窗與建築窗戶，攻擊警察也被警察攻擊。三天下來，超過兩百個氣象人成員被逮捕。

這似乎是一個失敗的恥辱，但也有人認為這是一場勝利，因為革命本就是一小撮人發起的。無論如何，這讓多恩和其他幾人有了新的信念：必須棄絕 SDS 這種大型組織（因為容易被滲透且缺乏戰鬥力），放棄街頭暴力抗爭，革命應該是要像卡斯楚和切格瓦拉一樣進行武裝游擊、走入地下。雖然，拉德和不少人都提出質疑憤怒之日的失敗或許表示他們該重新與更大的反戰運動連結，但這樣的意見不可能被接受。

1969 年的美國政治也是全新局面：尼克森在 1 月就任總統，他和 FBI 多年的局長胡佛當然不可能容忍這些製造混亂的抗議者。FBI 早就開始監控與騷擾民權運動（包括金恩博士）和新左派青年，這一年他們將行動升級。

12月初，黑豹黨領導人漢普頓（Fred Hampton）在家中熟睡時，

被芝加哥警察闖入槍殺。這無疑是蓄意謀殺。從前一年芝加哥警察血腥毆打抗議群眾到這一年漢普頓之死，氣象人深感這個國家的暴力已經徹底失控，並深深感到內疚：因為膚色的關係，警察殺了黑人弟兄。他們只能更激烈地暴力反抗。

1969 年下半的美國雖然有號稱愛與和平的胡士托音樂節，但更多的是死亡與血腥。漢普頓死後兩天，在滾石樂隊加州的演場會中，一陣混亂導致一名觀眾死亡，為六〇年代的搖滾樂畫下悲劇的句點。稍早四個月前，曼森家族在加州凶殘殺害數人，包括導演羅曼波蘭斯基懷孕中的太太，讓嬉皮文化走向最黑暗的扭曲深淵。

就在那個月底——整個六〇年代的最後幾天——在漢普頓死亡的黑影下，SDS 在密西根舉行了全國會議，那會是 SDS 的最後一次全國會議。大會現場掛了從毛澤東、切格瓦拉、胡志明到黑豹黨領袖的巨幅照片，戰鬥氣氛高昂。氣象人領導群正式決議結束 SDS 全國辦公室，準備展開地下武裝革命。多恩演講時情緒激動，甚至讚揚曼森家族的殺人行為。另一名氣象人則發表了一句後來經常被引述的話：「我們要燒掉、奪取和摧毀一切。我們要成為你媽媽噩夢的來源。」

七〇年代的大門即將拉開，他們準備好了進入另一個世界，以「地下氣象人」（Weather Underground）的身分。

3.

「在一個暴力的時代，看著你的國家在別人的土地上屠殺無辜的人民，如果什麼也不做，只是繼續享受你的中產階級舒適，這本身就是一種暴力行動。」這是地下氣象人的信念。只要美國人民不對這個體制和政策提出抗議，他們就是帝國主義的共犯。

1970 年開始，他們準備正式對美國宣戰，一場游擊革命戰。

只是戰爭宣言尚未發出，在 1970 年 3 月 6 日就發生格林威治村的公寓爆炸，三名同志死亡。這對氣象人造成非常大的衝擊，有人害怕了，有人懷疑這樣做是否正確。但他們不得不上路了。但是，他們修正了路線，決議未來主要是針對各種政治象徵性的機關進行攻擊，且會先發出警告以避免人員傷亡。

5 月，美國轟炸柬埔寨，全國各地大學爆發罷課抗爭，在俄亥俄州的肯特大學，國民兵在校園開槍打死四名學生，震撼世界 [2]。

地下氣象人發表了第一份「戰爭宣言」：

Hello，這是伯納丁多恩（Bernadine Dohrn），我現在要宣讀一份戰爭宣言，這是地下氣象人 [3] 的第一個戰報……在接下來的十四天，我們將攻擊代表美國各種不正義的象徵或制度。

　　從 1970 年到 1974 年，他們在國會山莊、國務院、五角大廈、法院、國民兵總部、大企業總部，進行了約十二起爆炸案件，並曾受委託劫獄救出 LSD 大師賴瑞，將其送到阿爾及利亞。

　　在地下生活期間，他們告別了父母與家人，脫離原本身分，切斷所有社會關係，在不為人知的陰暗世界中過著祕密的生活。那是何其艱難的時光 **4**。尤其對主流社會來說，他們是恐怖分子，是 FBI 頭號通緝犯，他們的頭像在各處張貼著，上面寫著：「Wanted」。

　　不過，七〇年代初的氣氛變化來得很快。1973 年 1 月巴黎和平協定確定終止越戰，不少地下氣象人開始覺得沒有戰略上的理由繼續地下抗爭。也有人日漸懷念和家庭的聯繫，更有人邁入新人生階段生了小孩，不想讓小孩在一個扭曲的環境下長大。

　　也是在 1973 年，聯邦政府撤銷對他們的主要起訴，因為法院判定不合法的監聽和監控都是無效的證據。且水門事件讓非法監聽的行為惡名昭彰。

---

2. Neil Young 為此寫下歌曲〈Ohio〉。

3. 在這裡他們是用 Weatherman Underground，但後來改為 Weather Underground，以符合性別正確。

4. 不過，一個地下世界在幾年前已然成形，那是六〇年代後半上萬名拒絕去當兵或逃兵者在各地建立起一個網絡，他們彼此照應，提供相關服務如製造假證件。

YOU DON'T NEED A WEATHERMAN TO TELL YOU WHERE THE WIND BLOWS.

你不需要一個氣象人告訴你風往哪裡吹——Bob Dylan

　　事實上，早在 1970 年底他們就開始自我懷疑，揚棄 SDS 的龐大組織網絡是否是正確的？該年 12 月，幾個月前才發表戰爭宣言的多恩發表文章〈新的早晨，改變的氣象〉（New Morning, Changing Weather）（又借用了狄倫：「New Morning」正是狄倫在那個 10 月剛發行的新專輯名稱）。在其中，她修正此前立場，意識到他們必須重建和整個反戰運動的橋梁，不能只是孤立作戰。

　　接下來兩年，多恩、艾爾等數人開始撰寫一本書，分析美國政治情境和激進運動的過去與未來：《燎原之火：反帝國主義革命的政治》（Prairie Fire: The Politics of Revolutionary Anti-Imperialism），這個書名來自毛澤東的句子：「星星之火可以燎原」。宣言仍然強調：「我們是一個游擊組織。我們是共產主義的兒女，在美國進行了四年多的地下行動……」，但其中也延續了〈新的早晨〉的看法，主張不要將革命暴力和群眾鬥爭切割開來。

　　此書在 1974 年獨立發行，在左翼書店和激進組織中流通，引起很多關注和討論，他們在地上的支援者夥伴也成立了組織「燎原之火組織委員會」來從事公開行動。他們其實希望透過這本書重新結合起更廣大的左翼運動，且此時炸彈行動幾乎已經停止了。這代表著地下氣象人想要進入下一階段。

　　到了 1970 年代中期，當越戰真正停止，更多人懷疑繼續在地

下的意義，質疑這幾年他們到底成就了什麼？

1977 年，第一批氣象人出來自首，警察叫他們第二天再來，結果是緩刑和罰款幾千元。不久，拉德出來自首，所有鎂光燈對著他，但他也獲得緩刑。八〇年代初期，多恩、艾爾和大多數地下氣象人都出來自首，回到日光照耀的地上世界。

這是一場最諷刺的黑色玩笑：六〇年代的最後一年，氣象人背負了整個六〇年代的悲痛，無比激情地要追求革命，但他們的爆炸行動既沒有帶來改變，他們的自首也沒有受到什麼懲罰。

唯一改變的或許只有他們的個人人生，以及三個死去的同志。

4.

在八〇年代後，曾是革命分子的地下氣象人們有人自首後重新回到社會，成為成功的律師或名校教授（多恩後來是西北大學教授）；有人如拉德在新墨西哥的社區學校教書、積極參與社運，但過往記憶卻一輩子讓他不安與痛苦；也有如當初撰寫「氣象人報告」的 JJ，雖然在 1970 年就被氣象人逐出，卻始終在地下逃亡甚至在加拿大靠販賣大麻維生，最終病死異鄉。也有少數人轉去參加其他更激進的團體，如從格林威治村的房子爆炸中險而逃生的 Kathy Boudin，和曾是哥大社會學碩士的情人 David Gilbert 在地下氣象人紛紛自首後參加另一個組織，並在 1981 年參與一場

搶劫案，造成包括警察在內三人死亡，Gilbert 被判終身監禁，Boudin 則在 2003 年被假釋。那一年她六十歲 **5**。

他們後悔嗎？

有人反省：「如果你認為你有一個至高的、絕對的道德立場，那麼這只會帶來危險。」

仍在服刑的 David Gilbert 則相信他們所作所為並沒有錯，而他願意負起服刑的責任：「如果歷史能夠重來，我會再做一次，但是會做得不同，做得更聰明。」

拉德在自傳中提到對他們的「教條僵化和自戀」感到羞愧，在紀錄片《地下氣象人》（*Weather Underground*）中，他則反省：「我對這些事情並不驕傲，而且我發現很難區分什麼是對的和什麼是錯的。氣象人做對的是，我們掌握了美國在世界體系中的位置，事實上今日美國仍然是全世界最暴力的帝國主義國家。但是這個體系知識太過於龐大，以至於我們不知道該如何面對，不知道該如何去回應和解決。」

---

5. 在 2007 年《反叛的凝視》一書中，關於 Boudin 我寫了比較多。她在入獄後創立愛滋病諮詢計畫，教獄友識字、念書，提倡並改革獄中的教育制度，甚至從事關於愛滋、教育和性別的學術寫作，並在哈佛教育期刊上發表論文。2003 年，她獲得假釋後，去紐約哥倫比亞大學旁一家醫院工作，這就在我當時在紐約哥大念書時公寓的巷口。後來她進入哥大社工系擔任教職。她和 Gilbert 入獄時，兒子只有四個月大，被託付給另外兩個氣象人多恩和艾爾夫婦扶養，如今也是社運工作者。

歐巴馬在 2008 年大選時，一度被對手質疑他和曾是地下氣象人成員的艾爾有過來往，被說成和恐怖分子來往。事實是艾爾回到芝加哥後積極參與當地社區活動，而歐巴馬又是當地議員，因此曾擔任同一個協會的理事。針對此事，艾爾在《紐約時報》投書說：

　　「我當然對過去感到後悔，包括想像力的過度和失敗、做作和自戀、誇張的修辭、盲目的宗派主義和其他許許多多的錯誤。我們最極端的一些行動對其他人所造成的危險，我永遠都不會拋卸這些責任。但是，整個反戰運動的犧牲和決心，都沒能阻止對越南的暴力，這才是我真正懊悔的根源。我們寫信、遊行、跟年輕人演講、包圍五角大廈、臥軌，無所不做，但我們還是沒能阻止那十年戰爭中死去的三百萬越南人和六萬名美國青年。」

　　所以，暴力之外，該如何改變不義的體制呢？

　　氣象人一直不相信組織工作。他們在奪得 SDS 的主導權後就讓這龐大的全國性組織徹底瓦解，而當其他人沒有響應街頭抗爭行動「憤怒之日」，他們的結論就是大家都被體制收編了，因此只能靠他們幾個人的暴力革命來摧毀美國帝國主義。

　　諷刺的是，他們自認支持與結盟的主要對象黑豹黨，與他們有完全不同的運動觀。黑豹黨認為改變世界必須透過對民眾的長期組織和動員，因此在黑人社區提供窮人小孩免費早餐、給予社區民眾政治教育，以賦予弱勢者力量（empowerment）。

當 1970 年 5 月美國轟炸柬埔寨，引起數百個校園罷課抗爭時，拉德正藏匿在費城，他甚至不敢走到幾個街區之外的賓州大學參加學生的反戰示威。多年之後他回憶那一刻說：「我突然覺得噁心，我發現我們選錯策略了；革命游擊是不會成功的，因為我們放棄了真正的鬥爭場域──所有人都可以加入的地上運動。SDS 不在了，不再能協調如今這場巨大的青年反戰運動。事實上，毀掉 SDS 和把我們自己隔絕在地下，其實是幫 FBI 做了他們的工作。但對我這通緝犯來說，一切都太晚了。」

他懊悔地說：「我的朋友和我毀滅了美國最大的激進組織──一個在數百個校園中有分部，有強烈的全國性知名度和認同，而且還有很大成長空間的團體，改去追求一個都市游擊革命的幻想。」

或許正是因為 1968 年的氣氛太強烈、太激情，他們以為成千上萬的人願意跟隨他們。但當激情退去，更需要的是日積月累的組織，而不是自以為是的「革命」。

對〈休倫港宣言〉起草人、後來的反戰運動健將湯姆海頓來說，他在 1967 年夏天紐渥克（Newark）黑人大暴動時，就已經思考「以貧民區為基地進行都市游擊戰」的可能，並也在 1968 年參與芝加哥街頭的騷動與抗爭。但他在 67 年的《紐約書評》中就提醒不能陷入「關於革命的激進幻想」。他說，雖然「暴力可以

震撼現狀」，但「只有政治和組織才能改造現狀」。他相信關鍵仍然是在於「參與式民主」。「在美國，民主——亦即人民如何控制他們生活的理念與實踐——仍然是一個革命性議題。」這樣的理念使得湯姆海頓可以在六〇年代之後持續參與政治與社會運動，且到二十一世紀都始終是美國進步運動中的重要聲音。

地下氣象人們犧牲了青春，放棄了可能的美好人生，勇敢地獻身於他們堅信的理念。他們或許不需要一個氣象人告訴他們風向，卻終究判斷錯了運動與人生的方向，讓革命夢想成為只是自戀與自傲的妄想。

他們也低估了，一個組織、一個思想，甚或一本書，都可能比炸彈更有爆炸力。

曾榮與國防部研究工作的 Daniel Elisberg 將一批關於美國從一九四五到一九六五年與越南關係的機密研究報告複印出來交給《紐約時報》，震撼全美。

chapter.13

竊取國家之○必要

I.

1971 年 3 月 8 日的夜裡，整個美國都在聚精會神地看拳王阿里和另一世界冠軍 Joe Frazier 在紐約麥迪遜廣場的拳擊比賽：這場比賽被稱為「世紀之戰」。

八個人卻在黑夜中潛入賓州梅蒂亞（Media）這個小城的 FBI 分部，把所有檔案裝在皮箱中偷走，安全地離開，將檔案公諸於世，讓美國人民知曉國家權力的陰暗面。

這八人從來沒有被逮捕過，沒有人知道他們是誰，而他們甚至幾乎被歷史遺忘了。

直到 2014 年，一本關於他們的書《偷竊：發現胡佛的祕密 FBI 檔案》（ *The Burglary: The Discovery of J. Edgar Hoover's Secret FBI* ）和一部紀錄片《1971》出版，其中幾人才公開出來講述這段歷史。

在六○年代後期與七○年代初期，早期的理想與樂觀已經轉變成沮喪與極端憤怒。不論黑人民權運動或者反戰運動，雖然進行過各種示威抗議，都無法阻止戰爭停止，無法徹底改變種族主義。抗爭者開始訴諸暴力，高喊革命，在 1970 年和 71 年，有上千起的炸彈威脅，甚至有人出版一本書《無政府主義手冊》（ *Anarchist Cookbook* ）教人如何做炸彈 **1** 。

越戰未停，1970 年春天尼克森政府又開始轟炸柬埔寨，四個抗議的肯特大學生被國民兵槍殺，美國再度燃燒起來，讓這八人開

始籌畫行動。

2.

這八人自稱「公民調查 FBI 委員會」（The Citizen's Commission to Investigate the FBI），包括三名學者、兩名社工、一名研究生、兩個大學沒念完的年輕人，其中一對夫婦有三個小孩。他們的目的是要找到證據證明「美國政府透過 FBI 監控人民，壓制憲法賦與他們表達異議的權利」。

本來目標是費城的 FBI 辦公室，但發現那裡防備嚴密，於是改找梅蒂亞這個比較偏僻的小鎮，但不能確定這裡是否有重要資料，也不確定是否有嚴屬的安全措施。他們觀察這個辦公室數月，偽裝成應徵者去觀察內部情況，訓練各種偷竊技巧，計畫在「世紀之戰」的夜晚進行，一切宛如電影情節。

當晚他們運氣很好，大部分都按照計畫，FBI 晚上值班的人果然都在樓上看拳賽，沒人聽到辦公室被闖入的聲響，拿到的資料也非常豐富。唯一的困難是大門門鎖非常難開，讓他們一度想放棄。

偷竊到的文件證明了 FBI 確實有各種不法監控行為，包括故

---

1. Netflix 紀錄片《*American Anarchist*》訪談該書作者如何回首當年。

意給予反戰團體假消息、計畫謀殺一名黑豹黨人等等。他們在一份 1968 年的檔案裡發現一個神祕的字眼：「COINTELPRO」，不論是他們或者後來收到文件的媒體，都不知道這個字的意思。但不久後，全美就知道這是 FBI 最惡劣的計畫。

「COINTELPRO」（全名為 Counterintelligence Program）是從 1956 年開始的計畫，目的在於監視、滲透和打擊各種他們認為顛覆性的公民組織，包括反戰團體、黑人民權團體、婦女解放組織等等。最邪惡的行徑包括由 FBI 寫給金恩博士的信，以他婚外情的祕密來脅迫他自殺。左翼學者喬姆斯基形容 COINTELPRO 是「聯邦政府最惡毒的、最有系統的對公民權利的侵犯」。

1969 年 1 月共和黨總統尼克森上台之後，更是變本加厲，打擊一切不利於他政權的反對分子。

彼時掌握 FBI 的是一個最極端的局長：胡佛（J. Edgar Hoover）。在他將近四十年的主導時期，他把 FBI 當作自己的禁臠（在這八人偷出的文件中包括 FBI 幹員該如何幫胡佛慶生的詳細指示），權力如日中天，沒有任何人、任何方法可以控制 FBI：國會沒有正式的監督權（他們從未舉行過任何一場聽證會監督 FBI），屬於 FBI 上司的司法部長也不敢惹他，甚至每任總統都對他有所畏懼。

「當你和運動圈以外的人說 FBI 幹的事，沒有人會相信。只有一個方法說服公眾這是真的：就是拿出他們手寫的東西。」一個行動

參與者在後來說。

諷刺的是，當晚正在參與世紀之戰的阿里也是 COINTELPRO 的目標之一。

這是因為阿里和激進黑人領袖麥爾坎 X 關係良好，且皈依伊斯蘭教。1966 年他公開表明要因宗教理由而成為一個「良心拒絕兵役者」。他說「我和越共沒有仇」，更說「為何他們要我穿上軍服到千里之外用炸彈和子彈來殺害越南人，但美國南方的黑人卻被像狗一樣對待並被剝奪基本的人權？」1967 年，他因拒服兵役被起訴與判刑，並被剝奪拳賽執照和拳王頭銜。

為了理念，他願意犧牲偉大的生涯。

事實上，1971 年 3 月的這場比賽是他四年來第一場比賽，當然全球注目。且深具象徵意義的是，兩位拳手在政治立場上各自支持戰爭和反戰。 2

「公民調查 FBI 委員會」將竊取的檔案寄給主要媒體，但美國政府要求報社交回這些文件。這是美國新聞媒體首次必須面對如何處理非法取得政府文件的難題。結果，只有《華盛頓郵報》於 3 月 24 日獨家刊出（撰稿記者 Betty Medsger 就是四十多年

---

2. 1971 年 10 月，最高法院就他的上訴案判定他無罪。有趣的是，川普在 2018 年說他考慮要赦免阿里當年因為拒服兵役的罪，被媒體嘲笑他不知道在 1971 年他就已經被判無罪。

後撰寫這本《偷竊》的作者），原先不願意刊登的《紐約時報》和《洛杉磯時報》在事後也跟進報導。

國會和主要媒體開始大聲呼籲要檢討 FBI 和胡佛。

FBI 對此案發動大規模搜捕，派出兩百名幹員在賓州地區調查，但都徒勞無功。因為這八人大都是一般公民，不是出名的運動分子，且他們約定好行動結束後就徹底解散，不再見面，幾乎也不聯絡，至死都不能說出這件事。

幾個月後，另一個更大新聞蓋過人們對這個案子的關注：「五角大廈」案。曾參與國防部研究工作的 Daniel Ellsberg 將一批關於美國從 1945 到 1965 年與越南關係的機密研究報告複印出來交給《紐約時報》（在同一個 3 月！），《紐約時報》於 1971 年 6 月刊出，震驚世界。尼克森政府控告《紐約時報》，但《華盛頓郵報》又刊出其他部分，兩報和美國政府打官司到最高法院，最後勝訴。這個事件不僅動搖了越戰的正當性，也樹立了新聞自由的典範。

胡佛本人於 1972 年過世，也讓 FBI 對這八人的追緝受到影響。

1975 年，參議院終於成立調查委員會，對 FBI 進行了十六個月的調查，訪談了八百人，進行了數十場公開聽證會——這是美國史上第一次國會對情報單位的調查。他們的報告揭露了更多 FBI 的違法行動：「有太多民眾被太多政府機構所監控，有太多資訊被他們掌控。」在最終報告發表之後，國會正式成立了對情治機構

監督的委員會。

1976 年 3 月，FBI 正式將「美蒂亞竊案」（Media Burglary）結案。

對這八人中的七人來說，故事或許早就結束，因為他們在行動後回到原本世界繼續生活，有些人持續參與反戰行動，有些人則決定不再參與政治行動。只有一個年輕女孩遠走他鄉、潛入地下，且不知道其他人還留在原來的社區中。直到 2014 年她看到這本《偷竊》的相關新聞，才知道她當年同伴們公開了他們的行動。

十九歲的女孩如今已是六十三歲 **3**，四十三年的時光就這樣過去了。

3.

國家權力的無孔不入是當代政治最核心的問題，尤其安全和情治單位經常以維護國家安全和防範顛覆滲透之名，壓制公民權利，擴張自己的權力。

負責結案的 FBI 探員 Neil Welch 在回顧該事件時說：「FBI 的問題在於沒有任何制衡力量。人們沒有任何方法可以知道政府在做什麼。一個體系必須要有開放管道，否則民眾就會採取這

---

3. 關於她後來出來的告白，可見 https://www.thenation.com/article/breaking-43-years-silence-last-fbi-burglar-tells-story-her-years-underground/

種犯罪行爲來揭示政府的錯誤。」

另一名 FBI 探員在 1975 年的委員會上作證時說：「我從來沒有聽見任何一個人（包括我在內）質疑過：我們採取的行動眞的是合法的嗎？眞的是道德的嗎？我們唯一所關心的就是這個做法是否有效，是否會帶來我們所要的。」

當體制的權力制衡已經徹底失效，公民必須站出來作爲最後的防線。

「在某些時刻，我們必須打破法律，必須從事深思熟慮的公民不服從行動，來維持一個正義合理的國家。我深以此爲榮。這雖然不是我可以放在履歷上的經歷，但是我一生最有意義的事。」其中一人在書中說。

他們的行動確實改變了國家安全體制，扭轉了政府權力與公民權利之間的界線，促進了制度改革。當時的 FBI 發言人 Michael P. Kortan 就說：「那個時期發生的許多事，包括『美蒂亞竊案』，導致 FBI 改變看待和處理國內威脅的方式，改革情報蒐集的政策，並由司法部設立了調查指引。」

但即使有了部分改革，九一一之後的反恐戰爭又讓安全機構大肆膨脹，尤其在網路時代，他們有更多工具監控人民，逐漸滋長成巨大的怪獸。直到史諾登的揭密，人們才赫然發現這個權力體制不可見人的陰暗面。[4]

　　這也是這些竊取機密者爲何願意在四十多年後站出來的理由：

「我們的政府再一次對美國民眾採取大規模的監控，並且對國會說謊。我們希望藉由我們站出來，可以刺激這個社會去思考與辯論這些一個健全民主所必須面對的問題。」

4. 在當代中國，各種高科技工具更塑造出一種新型態的科技獨裁體制。

TO LIVE OUT
YOU MUST B

OF THE LAW，
HONEST．

要成為不法之徒，
你必須先要誠實

位於格林威治村的石牆酒吧，是同志族群的聖地，也是改變同志命運的歷史舞台。

暴烈與美麗：

石牆暴動

與同志運動

chapter. 14

I.

1969 年 6 月 28 日午夜在紐約石牆酒吧裡面和外面的每一個人，都有一則動人的生命故事。

在此之前，他們在社會中是隱形的，他們在生活中被嘲笑、被霸凌、被蔑視、被逮捕。

他們所有人都是罪犯（criminal）、是罪人（sinner）、是心理病人——1952 年，美國精神醫學學會正式把同性戀列為精神疾病。

在 1950 年代美國國內強大的反共氣氛中，他們甚至被政府視為國家安全風險，因為他們的身分可能被蘇聯間諜用來當作威脅，所以無數人因為性傾向被政府開除、被軍隊解雇，例如本來是哈佛天文學博士的卡梅尼（Frank Kameny）。

然而，也是在 1950 年代，美國最早的同性戀權益組織在洛杉磯成立：「麥塔辛協會」（Mattahine Society）。這個名字來自中世紀法國的一個組織，其成員都是戴著面具，一如當代同志在真實生活中的狀態。

這個組織慢慢地在美國幾個大城市建立分會，但創辦人 Harry Hay 卻因為共產黨員身分不得不辭職，以免牽連組織。

1955 年，一對住在舊金山卡斯楚街的女同志情侶 Del Martin 和 Phyllis Ann Lyon 和幾位女性夥伴成立了美國第一個女同性戀權益組織「比利提斯的女兒們」（Daughters of Bilitis，簡稱 DOB）。

　　同一年，三十歲的黑人女性 Rosa Parks 在南方的蒙哥馬利市拒絕坐上種族隔離的巴士，整個城鎮展開杯葛運動。這是黑人民權運動的起點。

　　同志運動和黑人民權運動在當時爭取的目標都是：要求被平等對待，融入主流社會。但此後黑人的抗爭之火越燒越烈，同志運動卻相對孤絕。

　　畢竟，他們面對的是體制設下的一個無比巨大而黑暗的櫃子。

2.

　　進入六〇年代，一切似乎都開始鬆動了。民權運動的前進、〈休倫港宣言〉、甘迺迪總統的召喚、少數同志也開始採取越來越大膽的行動，挑戰這個社會最深沉的禁忌。

　　1962 年，當聽見一群心理學家在紐約一個電台節目上公開討論同性戀的病態後，一名年輕同志威克（Randy Wicker）說服電台經理讓他和其他幾位同志上節目訴說心聲：這個九十分鐘的節目成為美國電台史上第一次同志公開發聲，許多媒體跟著報導，《紐約時報》說：「電台：禁忌被打破了。」兩年後，他又成為第一個上電視的公開同志。從 62 年到 65 年，主流媒體關於同志的報導迅速增加。

　　1965 年，整個美國的反抗開始激進化，紐約和華府的麥塔辛

協會分會也開始由激進派青年掌握，試圖更直接對抗體制。

那一年，SDS 在華府舉辦第一次的大型反戰遊行，同志團體則組織了第一次公開示威：接連兩天在白宮和聯合國大樓前，抗議古巴政府和美國政府對同志的歧視（導火線是古巴政府把同志集中關起來）。雖然只有幾十人，但他們感到被鼓舞了。

三個月後的 7 月 4 日，美國獨立紀念日那天，麥塔辛協會以及 DOB 在費城舉行示威，以凸顯雖然美國革命的精神是自由與平等，但仍有許多男男女女被徹底剝奪這樣的權利。三十幾人中，男性穿西裝打領帶，女性穿裙子，有秩序守禮儀，安靜地在現場繞圈圈，舉起牌子寫著：「同性戀權利法案」、「一千五百萬同性戀美國人要求平等、機會和尊嚴」。他們決定此後每年都舉行這個活動。

1966 年夏天在舊金山，警察又一次騷擾一家扮裝皇后和跨性別者常去的咖啡廳 Compton Cafeteria，但他／她們不願繼續忍耐，憤怒地對這些警察丟擲杯盤，打破警車玻璃，次日繼續在咖啡店外抗議警察暴力。那是同志第一次集體對抗警察暴力。

再到 68 年，黑人解放運動來到高潮，反戰運動無比亢奮，暴力出現在報紙頭版，革命成為日常的語言。

此時關於同性戀的主題，不論在藝術界或媒體界，也已經越來越多——幾年前從日本移居到紐約的一名年輕女性藝術家，在 68

年 11 月進行了一場男同志婚禮的「行為藝術」，她的名字叫草間彌生。

69 年 1 月，《時代雜誌》第一次以同性戀作為封面故事。

年輕的同志 Carl Wittman 很早就參加學運組織 SDS，且和學運領袖海頓一起去紐沃克從事社區工作。後來因為不滿海頓的恐同傾向，離開新左派團體，前往舊金山參與同志運動。69 年 5 月，他目睹此地日益激烈的黑權運動和同志運動，激動地寫下一篇〈同志宣言〉（A Gay Manifesto）。

他在宣言中提出三個原則：承認自己是不同的、要求自己被尊重、照護好自己的利益。「我們必須要知道，我們之間的愛是好事，而不是不幸的，而且我們有很多可以教導異性戀：性、愛、力量，和抵抗。」

「在曾經有挫折、疏離和犬儒的地方，現在有新的力量出現。我們對彼此充滿了愛而且願意展現出來，我們對於那些種種不公充滿了憤怒。當我們回想這麼多年來的自我審查和壓迫，我們的眼淚奪眶而出。如今我們是歡欣的、高昂的，正要展開一場運動。」他亢奮地寫下。

6 月，一份新的同志刊物在社論中呼籲：「我們要做自己……世界上有屬於我們的位置，要驕傲和興奮地作為一個同志……黎明就要來了！」

明日確實就在不遠處，但在黎明來臨之前，要先經過黑暗的午夜。

3.

1969 年 6 月 28 日剛過午夜，人們在石牆酒吧（Stonewall Inn）喝酒、跳舞、放鬆，享受一個美好的紐約週末夜。

自一次大戰後，紐約格林威治村就因為獨特的自由氣氛，逐漸成為同志群體聚集的區域。

1930 年代，有一間茶館叫「邦尼的石牆」（Bonnie's Stone Wall），是男女同志的社交場所，此地的名聲就是村中「最惡名昭彰的茶館」。到了六〇年代中期，在大火導致這空間廢棄一段時間後，黑幫分子胖東尼（Fat Tony）買下這個空間，改成石牆酒吧。

黑幫開設同志酒吧是很自然的。因為市政府長期掃蕩同志酒吧，尤其在六〇年代初，面對 1964 年的世界博覽會，市政府希望維持「純潔」城市形象，所以強力撤銷同志酒吧的賣酒執照，或者派臥底警察去釣魚來逮捕同志，例如在 1966 年，每週都至少有一百人因為警察的釣魚行動而被捕。67 年，法院判定政府不能因為酒吧服務同志就撤銷其酒精執照，但警察惡行依舊，所以一般人不敢開設讓同志去的酒吧，只有黑幫比較有能力對付警察。另一方面，同志顧客們面對酒吧中的惡劣衛生環境，很難向黑幫抱怨，也沒

有其他地方可去進行社交活動。

新的石牆酒吧很快成為同志族群的天堂。他們歡迎同志、扮裝皇后、跨性別者甚至無家青少年。店內有兩間舞廳，是紐約唯一可以跳舞的同志酒吧。更何況，石牆酒吧就在格林威治村這個另類與地下文化城邦的核心地帶。

沒有一間酒吧的歷史與地理位置比這裡更適合作為改變同志命運的歷史舞台。

1969 年 6 月初，「麥塔辛協會」紐約分會的通訊刊載了許多壞消息。一個男人的屍體從河裡被撈出來，是一名同志。上一個月有三名同志在曼哈頓島東邊被搶劫然後謀殺。當加拿大在那個月合法化同性戀性行為，美國的同性戀者卻在黑夜中被謀殺、被丟入河中。同志酒吧持續被找麻煩，那個月就有好幾家紐約酒吧不得不關門，六月下旬，警察又來了石牆酒吧。

當爭取黑權的黑人青年和反戰的憤怒白人青年在街頭丟石塊暴動，誰還能繼續忍受這些壓迫？

6 月 28 日凌晨一點左右，幾個警察走進石牆，突然大喊：「警察！這裡是我們的了。」隨即，燈光點亮，不久前放著〈I Can't Get No Satisfaction〉的點唱機停止了。石牆從一個昏暗但奔放的樂園變成一個蒼白而驚恐的世界。

警察要求人們排隊交出證件。

有人害怕被逮捕，因為一旦被家人、被公司知道就完了；

有人想起去年夏天芝加哥的抗議者如何痛罵警察是豬玀，覺得要像他們一樣勇敢；

更多人覺得受夠了，這是屬於我們的夜晚、屬於我們的地方，憑什麼要被這樣破壞？！

於是，跨性別扮裝者拒絕進入廁所被「檢查」，其他男性不願意交出身分證件給警察。

那是個炎熱的夏夜，格林威治村的夜晚才剛開始。很快地，酒吧外聚集了人群，被放出來的人也不願意離開，他們看著警察把部分人士送上警車，大聲鼓譟。

兩年前在紐約市開設美國第一家同志書店「王爾德紀念書店」（Oscar Wilde Memorial Bookshop）[1]、也是同運先鋒的 Craig Rodwell 喊起「Gay Power！」，有人唱起民權運動的經典歌曲〈We Shall Overcome〉。

一名扮裝者在送上囚車時被警察用力推，她用皮包打回去，警察用警棍打她，激起圍觀群眾不滿，用力拍打警車抗議，更有人叫著把警車翻倒。不久後，另一名被送上囚車的女同志被警察更暴力對待時，她對圍觀群眾吶喊：「你們怎麼不做些什麼？！」

群眾的憤怒被炸開，午夜的格林威治村開始沸騰。

人們對警察丟酒瓶、石塊，將報紙點火，甚至用酒瓶做起簡易

汽油彈丟進酒吧中，所有酒吧窗戶都被打破了，警察們成了困在屋中的囚徒。沒有人看過這種事，即使以前激烈的反戰抗爭都沒有把警察困在屋中。如果不是隊長要求隊員自制，很可能警察會開槍傷人來突圍。

大批鎮暴警察前來支援，在克里斯多福街上追逐與毆打抗議者，多人被捕與受傷。

第二天晚上週六夜，更多人聚集在石牆酒吧外，占據了整條街。酒吧牆上被寫下塗鴉文字：「他們要我們去為國家打仗，但他們卻侵犯我們的權利」、「Drag Power」、「Support Gay Power」。警察又來驅散，抗爭與對峙維持了六個晚上。

扮裝皇后 Sylvia Rivera 回憶道：「這些年來我們被像狗屎一樣對待，現在該你們了！這是我生命中最偉大的時刻。」

另一人說他感覺這個街道真正屬於他們了。「我們終於擁有了遲到太久的自由。我們不再只是能低調走在路上，讓他們隨時騷擾。這就像是第一次實在地站在地上。」

---

1. Craig Rodwell 在六〇年代初曾和一個叫做哈維米爾克（Harvey Milk）的男人談戀愛，米爾克會在七〇年代前往舊金山，成為第一個以競選公職的公開同志。他也是 65 年第一次公開示威的參與者。這家書店直到 2009 年才結束。我有幸在紐約讀書時去過。

詩人艾倫金斯堡在第三晚來到現場，他說：「同志力量，這不是很棒嗎？」「我們是這個國家最大的少數族群——10%，你知道。是時候我們去積極地表達自己了。」

所有參加這場暴動的人都在過程中被賦予新的力量，都看到了改變的可能性。他們要重新書寫自己的與同志集體的故事。

4.

1969 年 7 月 4 日美國國慶日，石牆事件後沒幾天，東岸同志團體再次舉辦在費城的年度示威，但大家不願意再繼續安靜有禮貌了。他們決定在石牆事件一週年時，在紐約舉辦遊行，更呼籲全國各地同時響應。

1970 年 6 月底，這場從格林威治村克里斯多福街出發的遊行叫「克里斯多福街解放日」，幾千人一起出發走到終點的中央公園大草原時。當領頭者回頭看去，發現整條街滿滿是人——一年前在費城的示威才只有五十幾人。

一個新的時代開始了，一切都不一樣了。這場遊行成為此後美國年度同志遊行的濫觴。

石牆事件後的六個月內，紐約成立了兩個重要的同志運動組織、三份刊物。其中一個平權組織叫「同志解放陣線」（Gay Liberation Front），這是第一個以「Gay」為名的組織，「解放陣線」之名則反

映當時激進分子對於第三世界革命的想像（如阿爾及利亞民族解放陣線）。這個團體同時也支持黑豹黨和反戰運動。另一個新組織叫「同志運動聯盟」（Gay Activists Alliance，簡稱 GAA），其憲章開宗明義就說：「我們作爲解放的同性戀運動者，要求對我們的尊嚴和作爲人類的價值有表達自由。」

三份新刊物分別叫《*Gay*》、《*Come Out!*》和《*Gay Power*》。之所以要取名爲「Gay」，是因爲即使當時最進步的另類報紙《村聲》（*Village Voice*）**2** 都不願意刊登「同志解放陣線」有 Gay 字眼的廣告，他們只能自己來。

在接下來幾年，全美各地的同志平權組織如雨後春筍般出現。

當然，石牆暴動並不是同志權益運動的起點，也不是從眞空中誕生的——此前已經有許多勇敢的抗爭和組織，但那場暴動確實斷代了同志運動的兩個時期：許許多多人在其後加入這場運動，爭取他們的權利和尊嚴。

這場暴動之所以如此不同既是因爲其獨特地點——格林威治村是美國歷史最具反抗文化的區域，更是因爲那個年代——許多同志運動者在早前曾參與過六〇年代初期的自由民權運動，

---

2. 事實上，「石牆暴動」一週後，同志團體因爲《村聲》的報導中出現歧視性字眼而去報社抗議。

或後來的反戰運動，甚至占領過紐約哥倫比亞大學。他們對於抗爭技術並不陌生，尤其那個夏天美國正處於六〇年代後期的「暴動」氣氛。

更重要的是，六〇年代的核心精神就是「做自己」：展現你內在的靈魂，成為你想要成為的人，拒絕權威告訴你的東西，對抗社會所強制於你的想像。

更具體來說，六〇年代也是關於身體和認同的鬥爭。諸如避孕權的爭取、避孕藥的發明和普及，都是對於身體自主權的捍衛，和挑戰家庭的傳統規範，新一波女性主義思維則是顛覆了傳統性別角色。到了六〇年代後期，一個全新的文化和政治主張就是：「個人的就是政治的。」

可以說，性自由、身體自主、個人認同的解放，共同創造了六〇年代的「性革命」，也都成為那場暴動的火花。

在 1970 年 6 月紀念石牆運動一週年的遊行上，曾因同志身分被政府解雇、後來舉辦 65 年第一次同志公開示威的先鋒卡梅尼在刊物《Gay》上寫道，當他在遊行終點回頭時，他是如此震驚，因有「這麼多人滿懷信心地走向一個即將自由的許諾之地」。

是的，石牆之後，確實有更多人加入了這個美麗而熱鬧的隊伍，他們一面唱歌跳舞，一面吶喊抗爭，走向那個許諾之地。在後來的五十年間，他們會在淚水中獲得許多遲來已久的平等與肯認，

也會在感傷中面對重重的挫敗與哀傷（如哈維米克爾被槍殺和八〇年代的愛滋危機）。最終，美國同志們在 2015 年獲得婚姻平權，雖然這不是夢想的終點。

至於台灣，我們還有更長的路要走。

＊謹以此文獻給 2018 年離去的兩位朋友：盧凱彤和陳俊志

Stay hungry. Stay foolish.

《全球型錄》最後一期封面。上面這句話「Stay hungry, Stay foolish」深深影響賈伯斯。

c h a p t e r . 1 5

從反文化
到網路文化：

Stay hungry. Stay foolish.

一個尚未實現的
烏托邦

「忘記反戰抗議、胡士托、甚至長髮吧。1960 世代的真正遺產是電腦革命。」

——史都華布蘭德（Stewart Brand），1995

你可能聽過「Stay hungry. Stay foolish.」這句話，並以為那是賈伯斯（Steve Jobs）說的。

然而，賈伯斯在那場史丹佛大學的學生畢業演講中是這樣說的：「當我年輕時，有一本很棒的刊物叫《全球型錄》（Whole Earth Catalogue），是我們那一代人的的聖經。它的創辦人叫史都華布蘭德（Stewart Brand），他就住在離這不遠的門洛公園，他的詩意與才氣創造了這份刊物。那是在 1960 年代末期，個人電腦和桌面排版還沒出現，排版全靠打字機、剪刀和寶麗來相機。這份刊物像是紙上的 Google，卻比 Google 早了三十五年：它懷有理想主義地介紹了大量實用工具和一流觀念……他們出版的最後一期是在 1970 年代中期，那時我像你們現在這麼大，那期的封底照片是一張清晨的鄉間公路，是喜歡搭車冒險的人常會見到的風景，照片下是一行字：Stay hungry. Stay foolish。這成為他們停刊的告別語。也是我一直以來的期許。」

　　布蘭德和《全球型錄》不只影響了賈伯斯，更把嬉皮文化的夢想、把科技的解放潛力帶入早期電腦工程師和網路文化先行者的世界，啟發他們對於一個數位美麗新世界的想像——雖然現在這個數位世界已經不再美麗，日益扭曲……

I.

　　年輕的布蘭德熱愛新鮮的事物，尋找自由與解放。六〇年代初期，他在東岸參與了先鋒媒體藝術組織 USCO（The Company of US），這個團體擅長使用聲音和影像的多媒體技術，但又對東方神秘主義有興趣，會將「現場藝術行動」（happening）轉變為一種技術與神祕社群的迷幻慶典，例如人們會坐在地板上燃香吸菸，聽著各種聲音片段，看著詭異的彩色投影在牆上。他們在 64 年到 66 年最活躍，是迷幻時代的先鋒。

　　布蘭德算是他們的邊緣成員，不時擔任他們的攝影師。不論是 USCO 或布蘭德，當時都深受麥克魯漢的科技與媒體理論所影響，相信科技是促進社會變革的工具。「USCO 建造多媒體環境時，他們希望觀眾感受到個人知覺融入了電子媒體的神經系統中。」[1]

---

1. 引自《尋找新樂園：只用剪刀漿糊，超越谷歌與臉書的出版神話》（*From Counterculture to Cyberculture*），該書是本文的重要參考。

在西岸，因爲小說《飛越杜鵑窩》（1962）而成名的作家肯克西，和夥伴們乘著一輛彩繪的舊校車，四處推廣迷幻藥體驗（Acid Test）。他們是嬉皮的原型：因爲他們既推崇迷幻藥作爲一種超越身心靈的新體驗，也實踐一種公社生活方式。

布蘭德在六〇年代中期加入了他們，並且把 USCO 多媒體技術結合起「快樂惡作劇者」的迷幻體驗，在 1966 年和克西舉辦了「迷幻之旅祭」（Trips Festival）。現場有兩個樂隊演出：死之華（Grateful Dead）和由 Janis Joplin 擔任主唱的 Big Brother & the Holding Company。這場活動成爲嬉皮文化的關鍵性事件，也讓史都華布蘭德從邊緣人物成爲一個新場景的推手。

布蘭德不只是一個高唱愛與和平、頭上戴著花的嬉皮，他對科技在社會的角色和世界的眞實樣貌有著濃厚的興趣。

在 1965 年時，他在路上戴著一頂黑色高帽、穿一套三明治板，上面寫著：「爲什麼我們還沒看到整個地球的照片（Why haven't we seen a photograph of the whole Earth yet?）」，並在從西岸的柏克萊大學到東岸的 MIT 等大學門口賣起寫著這個字的徽章，要求 NASA 公布地球全景圖。

如果我們能看到地球的全貌，會對世界有整全的了解。他如此相信。

1967 年，NASA 終於公布了由衛星空拍的地球全貌圖。

也在那一年的夏天，舊金山的嬉皮文化達到了高潮卻也開始崩壞，一切朝向混亂、失序，失去了最初的純真。許多人離開了舊金山，到不同地方組成公社，重新開始他們的理想生活。據統計，在 1967 年到 1972 年間有成千上萬個公社成立。

布蘭德想到這些公社的創建者會需要很多生活用品，因此和妻子印了一份涵蓋 120 種商品、6 頁的油印紙型錄，在 1968 年7 月開著一輛小貨車到各地公社售賣。生意很好。

秋天，他出版了第一期的《全球型錄》（ *Whole Earth Catalogue* ）。

2.

《全球型錄》創刊號封面是布蘭德渴望已久的一張照片：NASA 從太空拍攝的地球全貌。在刊名下面有一行字：「access to tools ／工具的管道」。這張照片和這句話構成了《全球型錄》的主要精神。

這本型錄是要提供一個人要理解世界和建立生活所需的各種用品和知識，分成七大部分：理解完整的系統、房屋和土地利用、工業和手工藝、通訊、社區、遊牧和學習。第一部分「理解完整的系統」是一份書單，包括影響他甚深的麥克魯漢、巴克敏斯特富勒，和《憂鬱的熱帶》、《道德經》等經典著作。型錄上每一件物品、每一本書，都附有推薦評語。

結果第一期就賣了將近上百萬冊。他也另外開了一家實體店面來販賣型錄中的商品。

《全球型錄》的創刊號只有 61 頁，此後每期並非換掉前一期內容，而是在原先物品上新增加商品和內容，到 1971 年的最後一期厚達 448 頁，共有 1072 種商品 **2**。六期正刊之外，他還出版了數本「增刊」。

1972 年，《全球型錄》獲得美國國家圖書獎，美國出版界的最高獎項。

但《全球型錄》不是書，不是雜誌，也不是傳統的商品目錄，而是一種新的價值觀與生活方式的主張。他們一方面倡議人與人間高度凝聚的公社生活，另方面也鼓勵人們利用工具來追求自己的需求與幸福——用現在的話說，一種「maker」的哲學。

在第一期序言中他寫道：「一種屬於個人的、私人的力量正在崛起——個人運用自己的力量自我管理教育、獲得啟迪、形塑自己的環境，並將他的經歷與同好分享。《全球型錄》尋找並推廣有助於這個過程的工具。」

這本型錄的讀者們逐漸形成了一個社群，他們不只是商品的購買者，也是物品的推薦者和評論者，這可以說是前網路時代的網路論壇。參與者除了公社中的嬉皮，還有矽谷地區正在崛起的科技族群；或者說，許多早期的工程師和電腦科學家都是 LSD 迷幻

藥的粉絲，或是嚮往公社生活的長髮嬉皮們。

可以說，《全球型錄》把嬉皮文化中對社群共同體、對個人自由的想像，帶入新興科技的矽谷。

3.

事實上，在六〇年代前期和中期，電腦和科技被視為巨大體制和無人性機器的象徵。

1964 年柏克萊大學學生進行了一場六〇年代反抗史上關鍵的言論自由抗爭運動，抗議學生們將空白的電腦卡片掛在脖子上，上面有打洞的文字「FSM」（Free Speech Movement／言論自由運動）。運動領導人馬里歐薩維歐說，「在加州大學，你不過是一張 IBM 卡片。」（那時電腦是以分批的打孔卡片處理資訊。）

這是彼時反叛青年們的主流意見。對他們來說，電腦和科技是工業化社會的新階段，是理性化思維的最高象徵，高度集權的技術官僚取代了民主討論，體制的運作邏輯削弱了個人的能動性。就在柏克萊大學抗爭的同年，德國法蘭克福學派學者馬庫色（Herbert Marcuse）出版了一本影響力深遠的的著作《單向度的人》，主張科學技術在現代工業社會已成為主導的意識形

2. 1971 年 6 月，在出版了最後一期後，布蘭德舉辦了一個慶祝《全球型錄》之死的派對，總共有五百多人參加。他拿出剩下的兩萬多美元，請大家提出建議該如何使用這筆錢。

態，成爲另一種極權體制，個人被剝除了自由和創造力，只成爲一個「單向度的人」。

　　布蘭德雖然來自本質上反科技和反物質主義的嬉皮社群，但他很早就關注科技的發展，在第一期就介紹了很早期的桌上型電腦，HP 的 9100A Calculator（當時一台要四千九百美金），這台電腦就是在 1968 年誕生的。這讓《全球型錄》成爲最早肯定科技作爲改善人類生活，解放個人創造力的媒體之一。

　　布蘭德說，「我發現電腦比藥物更能擴張我們的意識。」

　　尤其他們的編輯部當時就在灣區，而對個人電腦研究最有影響力的幾個機構都是在《全球型錄》辦公室附近，也都是他們的訂戶，如史丹佛研究中心下的增益研究中心（ARC）和全錄的帕羅阿爾托研究中心（Xerox's Palo Alto Research Center ，簡稱 PARC）（這個中心被認爲發明了第一台個人電腦），或者是個由電腦玩家組成的「人民電腦公司」（People's Computer Company）。

　　布蘭德經常在這些中心走動，也受到當時各種新發展所啟發。就在《全球型錄》第一期出現的 1968 年，電腦科學家 Douglas Engelbart（滑鼠的發明人）在一個會議上首次展示了我們現在熟悉的滑鼠／鍵盤／螢幕的結合的電腦系統。這個事件被稱爲「The Mother of all Demos」，而布蘭德就在現場擔任錄影。Engelbart 很早就相信未來電腦可以讓人們分享觀念和解決問題，而當時多

數電腦科學家都沒有這麼想。

此外，《全球型錄》把世界重新概念化為一種資訊的網路對當時的電腦科學家啟發很大。PARC 的核心電腦科學家 Alan Kay 說，他們在這本刊物上看到一種組織資訊的方式、一種超鏈結資訊系統，「我們認為《全球型錄》是網際網路未來面貌的紙上版本。」

從六〇年代末到七〇年代，正好是個人電腦開始崛起發展的年代，同一時期的《全球型錄》可以說和這個社群、和這個新崛起的科技力量彼此啟發。

布蘭德也在其他地方寫作推動這些不同文化的連結。1972 年，也是誕生於舊金山的《滾石》雜誌（1967 年創辦）邀請布蘭德報導灣區的新興電腦研究風潮，他和年輕的攝影師 Annie Leibovitz（如今是世上最有名的攝影師之一）前往史丹佛大學人工智慧研究室和 PARC 等地方報導他們正在進行的「太空大戰」電動遊戲競賽，產生一篇影響深遠的文章〈太空大戰：電腦狂的狂熱生活與象徵性死亡〉（Space War: Fanatic Life and Symbolic Death Among the Computer Bums）。

文章把這些研究者描繪為反文化的先鋒，或不斷打破規則的「不法之徒」。他們具有建立一個新社群的夢想，相信電腦可以帶來個人自由，甚至可以說是「快樂的惡作劇者」的高科技版，

只是如今電腦取代了 LSD。

被報導的電腦和程式設計師們看到了自己的「酷」，愛上他們被描述出來的願景，影響了他們如何看待自我與數位世界的可能性。

《全球型錄》結束後，布蘭德遊蕩過一陣子，但仍一直關注數位科技。就在 1983 年《時代雜誌》把個人電腦當作「年度機器」時，布蘭德正和他人合辦一本《全球軟體型錄》。1984 年，他和新認識的作者凱文凱利（Kevin Kelly）舉辦了第一屆黑客大會，一年後又和電腦創業家 Larry Brilliant 創辦了 WELL，這是一種電傳會議系統，用戶可以撥接進入中央電腦輸入訊息給彼此，並成為之後十年最有影響力的線上討論社群。

那是一個新世界的開端，不論是個人電腦或者即將到來的網路時代。

4.

1995 年《時代雜誌》（ *Time Magazine* ）製作了一個專題「歡迎來到網路空間」，布蘭德在其中寫了一篇文章〈一切都要歸功於嬉皮〉（本文開頭引言即出自此文），他寫道：「反文化對集中權威的蔑視為去中心化的網路和個人電腦革命提供了一個重要的哲學基礎。」

是的，一切都要歸功於嬉皮，讓數位時代的開拓者們抱持著嬉皮文化的夢想：自由、解放、社群。

在 1984 年，賈伯斯的蘋果電腦在美式足球超級盃轉播期間推出一個經典廣告：有了麥金塔電腦，個人將獲得解放，1984 將不再是 1984。

只不過，曾經美麗的烏托邦如今卻可能變成一個反烏托邦，一面邪惡的「黑鏡」：自由平等的網路世界被科技寡頭壟斷，開放的社群成為企業盈利的工具，真相與事實被假新聞混淆和取代，個人隨時都被科技老大哥關注（尤其在威權國家），人們看似更緊密連結但卻更為孤獨。

如果如布蘭德所說，1960 年代最大的遺產是電腦革命，顯然此刻我們正在目睹一場巨大的反革命，對六〇年代夢想的凶惡反撲。

但我們不會束手就縛的，因為未來還沒被決定。

更何況，嬉皮世代的遺產也絕對不只是電腦革命，還有文化實驗的勇氣與膽量，社會抗議的熱血與創意，以及對自由與尊嚴的信仰與追求……

讓我們記住這本書中那些瘋子與怪人、憤青與文青、思想家與行動者，記住他們作為異議者與創造者的勇氣。彼岸的烏托邦或許遙遠，但讓我們一起在路上，繼續想像力的革命。

昨日理想的餘溫尚在，而明日的故事正等著我們書寫。

ALL POW
IMAGINA

R TO THE
ION.

讓想像力奪權

印 刻 文 學　　588

INK
PUBLISHING　想像力的革命—— 1960 年代的烏托邦追尋

作　　者	張鐵志
總 編 輯	初安民
責任編輯	宋敏菁
美術編輯	海流設計　黃昶憲
校　　對	吳美滿　張鐵志　崔楠　宋敏菁
圖片提供	達志影像

發 行 人	張書銘
出　　版	INK 印刻文學生活雜誌出版股份有限公司
	新北市中和區建一路 249 號 8 樓
	電話：02-22281626
	傳真：02-22281598
	e-mail：ink.book@msa.hinet.net
網　　址	舒讀網 http://www.sudu.cc

法律顧問	巨鼎博達法律事務所
	施竣中律師
總 經 銷	成陽出版股份有限公司
電　　話	03-3589000（代表號）
傳　　真	03-3556521
郵政劃撥	19785090　印刻文學生活雜誌出版股份有限公司
印　　刷	海王印刷事業股份有限公司

港澳總經銷	泛華發行代理有限公司
地　　址	香港新界將軍澳工業邨駿昌街 7 號 2 樓
電　　話	852-27982220
傳　　真	852-31813973
網　　址	www.gccd.com.hk

出版日期	2019 年 2 月　　初版
ISBN	978-986-387-279-5

定　價　**300** 元

Copyright © 2019 Chang Tieh-chih
Published by **INK** Literary Monthly Publishing Co., Ltd.
All Rights Reserved
Printed in Taiwan

國家圖書館出版品預行編目資料

想像力的革命——1960年代的烏托邦追尋
／張鐵志著--初版, --新北市中和區：**INK**印刻文學,
2019.2　面；14.8 ×21公分. --（文學叢書；588）
ISBN 978-986-387-279-5　　　（平裝）

857.85　　　　　　　　　　107023594

版權所有・翻印必究
本書如有破損、缺頁或裝訂錯誤，請寄回本社更換